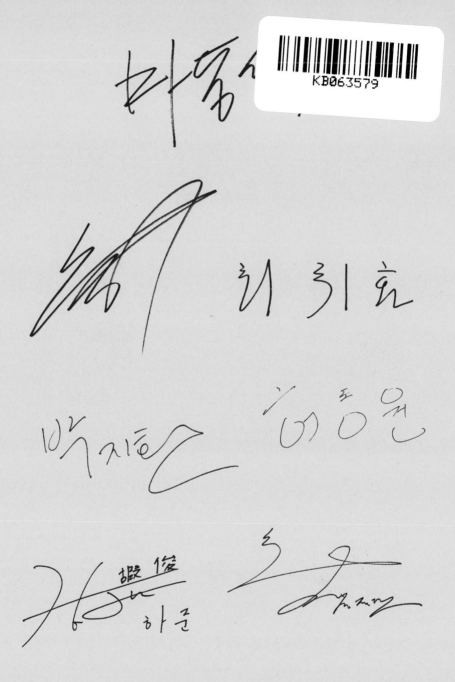

범죄도시2

"나쁜 놈은 그냥 잡는 거야."

차례

각본 김민성 | 각색 이상용 마동석 이영종

시나리오

용어 설명

V.O(Voice Over)	화면 안에 인물이 등장하지 않고 목소리만 들리는 경우
N(Narration)	내레이션의 약자
CUT TO	장면 전환 혹은 시간 경과
INSERT	장면 삽입
O.S(Over the Shoulder Shot)	한 인물의 어깨너머로 상대 피사체 촬영
B.S(Bust Shot)	인물의 머리부터 가슴까지 촬영
F.S(Full Shot)	피사체 전체 촬영
C.U(Close Up Shot)	피사체를 확장시켜 촬영
E.C.U(Extrem Close Up Shot)	피사체를 극도로 확장시켜 촬영
L.S(Long Shot)	피사체로부터 먼 거리에서 넓게 촬영하는 와이드숏
K.S(Knee Shot)	머리부터 무릎까지 촬영
M.S(Medium Shot)	인물들의 상반신을 넓게 촬영
FADE IN	검은색이나 흰색 화면에서 서서히 본 화면이 나타나게 하는 기법
T.F.S(Tight Full Shot)	피사체 전체가 화면에 가득 차도록 촬영
T.B.S(Tight Bust Shot)	인물의 머리부터 가슴까지가 화면에 가득 차도록 촬영
P.O.V(Point of View)	1인칭 시점으로 촬영
Drone	드론으로 촬영
follow	카메라가 피사체와 같은 속도와 방향으로 따라가면서 촬영
pull-back	카메라를 피사체로부터 점차 멀어지게 촬영
moving	화면이 이동하도록 촬영
tilt-up	카메라를 수직으로 아래에서 위로 이동하면서 촬영
tilt-down	카메라를 수직으로 위에서 아래로 이동하면서 촬영
fr-in	피사체가 화면 안으로 들어옴
fr-out	피사체가 화면 밖으로 나감
track follow	피사체의 움직임에 따라 트랙 위에 설치된 카메라가 따라가면서 촬영

* 이 시나리오는 실제 촬영에 사용된 최종본이며, 일부 한글맞춤법에 어긋나는 표기도 작가의
  의도에 따라 그대로 살렸습니다.

* 촬영 과정에서 추가되거나 삭제된 장면이 있어, 시나리오는 실제 상영본과 다를 수 있습니다.

[자막] 한 해 평균 300명 이상의 범죄자들이 경찰의 수사를 피해 해외로 도주한다. 이들 중 상당수는 동남아 일대로 숨어들고, 한국인 관광객들과 사업가들을 표적으로 범행을 일삼는다.

#1. ──────── 호찌민, 도심 도로(외부/ 낮)

교통 체증 소음이 들리며, FADE IN. 햇볕에 달궈진 습한 도심은 숨이 막힐 듯하다. 사거리를 가득 메운 엄청난 숫자의 오토바이들, 신호가 바뀌자 달려나간다.
넓은 로터리 화면 위로 자막 '2008년 베트남 호찌민'. 카메라가 호찌민 도심을 달리는 짙게 선팅 된 고급차를 따라간다. 재개발이 한창인 호찌민 곳곳의 모습들. 도심을 빠져 갈대숲으로 들어서는 고급차.

#2. ──────── 호찌민, 갈대숲(외부/ 낮)

고급차에서 내려 넓게 펼쳐진 갈대숲을 바라보는 최용기. 멀리 호찌민시가 보인다.

> 유종훈   어때? 좋지? 호찌민도 가깝고 우리 최사장 리조트 짓기에는 딱이지.
> 최용기   여긴 왜 개발이 늦어요?
> 유종훈   원래는 반도체 공장 부지였는데 그게 빠그러지면서 관광지로 사업 승인이 날 거래. 위치하며 경관하며 개발되면 관광객들 엄청 찾아 올 거야.

최용기가 흡족한 표정으로 둘러보는데 멀리 승합차 한 대가 이쪽으로 오고 있다.

최용기	누굴 만난다고 그랬죠?
유종훈	렌터카 사업 크게 하는 사람인데, 최사장 꼭 한번 만나자고…
최용기	얼마 받았어요?
유종훈	에이… 돈은. 내가 그럴 사람으로 보여?

승합차가 고급차 뒤에 멈추고 승합차에서 이종두와 김기백이 내린다.

이종두	최사장! 해장했어요?
최용기	하… 어제는 술값 왜 이렇게 많이 나왔어요?
이종두	최사장 덕분에 내가 루이13세를 처음 마셔봤네!
최용기	(유종훈을 향해) 형이 말렸어야지.
김기백	그래도 어제 돈 많이 땄잖아?
최용기	딴 건 딴 거고 내가 돈 쓸 때는 좀 이쁘게 씁시다! 맨날 술만 까지 말고.

이때, 승합차 보조석에서 두익이 내린다. 이를 본 유종훈이 잽싸게 최용기를
안내한다.

유종훈	자기가 직접 모시고 싶다고 사정사정을 하더라고, 한번 만나봐.
이종두	최사장 리조트 사업하는데 렌터카 댈라면 뭐든 다 할걸?
최용기	돈은 좀 있대?
유종훈	어휴, 한인 쪽만 상대하는 사람이 아니야. 호찌민 여기저기 건물도
	많고…

보디가드인가 싶은 거구의 두익이 비켜서고 유종훈이 승합차 뒷문을 연다.
유종훈이 차 문을 열면 베트남 코코넛 과자를 먹는 강해상이 앉아 있다.
(짜잔!) 미소 짓는 강해상, 사람 좋고 만만해 보인다.

강해상	아이고, 안녕하십니까.
최용기	(거들먹거리며) 안녕하세요.
강해상	말씀 많이 들었습니다. 타세요.
최용기	아, 예…

최용기가 승합차에 타자 바로 두익이 따라 탄다. 삼인조가 슬그머니 물러서고,
닫히는 문.

최용기	(거들먹거리며) 렌터카 사업 크게 하신다고?
강해상	돈 많다며?
최용기	…예?

강해상이 갑자기 최용기 얼굴에 주먹을 꽂는다. (빡!)

최용기	억…! 뭐야? 씨ㅂ… (퍽! 퍽!) 윽! 윽!

강해상의 주먹질이 이어진다. 저항하는 최용기의 손을 두익이 잡는다.
강해상이 몇 번 더 때리자, 최용기의 얼굴에서 피가 터져 흐른다.

최용기	(정신을 못 차리며) 끄윽… 끅… 왜 이래… 씨발새끼들아.

두익의 칼을 빼든 강해상, 칼을 최용기의 볼로 가져가더니 그대로 그어버린다.

> **강해상**　　너 납치된 거야.

구타 소리와 함께 흔들리는 승합차 너머로 고급차를 뒤지는 삼인조의 모습이
보인다.
화면 천천히 떠오르면서 초록색 갈대숲 너머로 멀리 호찌민시의 낯선 모습이
보인다. 그 위로,

[타이틀] 범죄도시2

#3. ——— 시흥동 주택가 슈퍼 앞(외부/ 낮)

[자막] 일주일 후

주택가 사거리 어느 슈퍼 앞. 긴장된 얼굴로 모여 있는 주민들과 경찰들. 슈퍼
안에선 흉포한 얼굴에 초점 없는 눈빛의 짱구(영등포파 조폭)가 식칼을 들고
대학생과 슈퍼 주인을 인질로 잡고 있다. 짱구는 점점 흥분하며 말도 안 되는
이상한 소리를 내뱉는다.

> **짱 구**　　야! 뉴스서 저녁 9시라 내가 좆같냐고 했냐 안 했냐? 이 개새끼들아!
> 어? 씨부래! 맨날 내 집 온 거 아니여? 나 죽여불라고? 이 개씨벌넘아.
> 목포서 서울까정 되것어? 안 되제. 크크큭… 나가 영등포 짱군디.
> 느그 가족들 다 죽여불랑게. 나는 목포에 없어. 븅신새끼들아.
> 크크크크 (경찰들에게) 드루와, 드루와 봐. 이 개쉐끼들아. 다

조사불랑께. 이 시벌럼들.

[CUT TO]

사거리 현장으로 걸어가는 한 남자의 두껍고 커다란 등판, 마석도다!
마석도의 뒷모습이 사람들을 뚫고 현장으로 걸어 들어간다. 무언가
압도하는 느낌에 사람들이 슬슬 피하자 길이 갈라진다. 골목 한쪽
구석에서는 구급대원이 피 흘리는 남성에게 응급처치를 하고 있고, 경찰과
구경꾼들을 향해 소리치는 짱구의 목소리가 들리는 가운데, 마석도의 등판이
팀원들(전일만, 오동균, 강홍석, 김상훈) 쪽으로 다가가고, 카메라 쭉 들어오며
마석도 등장!

마석도	아, 왜 저래?
전일만	(짱구 쪽에 집중하다가) 아! 깜짝이야… 너 어디 갔다 왔어?
마석도	소개팅…
전일만	무슨 소개팅을 일주일마다…
마석도	왜 저래?
오동균	점마 짱구라고 영등포 병철이네 식군데. 골 때립니다, 저거…
강홍석	아침에 정신병원에서 도망 나왔답니다. 형님.
마석도	인질은?
강홍석	주인 아주머니랑 대학생, 이렇게 두 명이요.
전일만	위험하다. 진압팀 부르자.
마석도	(말을 자르며) 막내 따라오고, 동균이 홍석이 바람 잡아.
전일만	석도야, 살살해라. 보는 눈 많다. 무슨 말인지… (없어진 마석도) 어디 갔어?

#4. ──── 슈퍼 앞(외부/ 낮)

주민들이 현장을 구경하고 있다. 난장판이 된 슈퍼 내부. 붙잡힌 대학생은 칼에 다리를 찔려 아파하고 있고, 겁에 질린 슈퍼 주인은 짱구에게 소주 한 병을 더 건넨다. 벌컥벌컥 소주를 들이켜는 짱구. 김상훈은 뒷문 옆에 서서 안쪽을 바라본다. 오동균과 강홍석이 가게 문 앞으로 다가오자, 짱구가 칼을 들어 위협한다.

> **짱구**　　뭐여, 이 씨벌넘들아?
>
> **오동균**　짱구 씨? 일단 진정하고, 원하는 게 뭔데?
>
> **짱구**　　씨벌럼들아, 건달들이 월매나 힘들게 사는지 아냐?
>
> **강홍석**　(짱구가 위협하자) 알지, 알지. 깜빵도 가고 진짜 힘들지…

김상훈의 신호에 따라 뒷문으로 조용히 들어가는 마석도. 오동균은 "칼 좀 내려놓고 얘기를 해보자" 강홍석은 "뭐든지 원하는 대로 해준다. 내가 짱구 심정을 알 거 같다" 등등 두 사람의 애드리브가 점점 더 현란해진다. 짱구가 정신이 팔린 사이. 마석도, 좁은 진열대 사이를 조용히 지나려다 샴푸를 잘못 건드려 떨어지려 한다. 마석도가 떨어지는 샴푸를 잽싸게 손으로 잡는데, 되려 진열대가 크게 넘어지며 우당탕! 뜨악하는 오동균과 강홍석. 난감해하며 잠시 굳어 있는 마석도.

> **짱구**　　(뒤돌아 마석도를 보며) 씨발, 넌 또 뭐여?!

마석도가 쪽팔려 하며 성큼성큼 다가가, 휘두르는 칼을 막고 번개 같은 동작으로! 엎어치기로 패대기쳐버린다. (쾅!) 억!

이미 몸이 부서져 쓰러져 있는 짱구의 칼 쥔 손을 마석도가 서 있는 상태로 힘을 줘 꽉 잡는다. (우두둑!)

짱 구   (손 잡히면) 악! (우두둑) 아아아악! 너… 뭐야! 놔, 놔라고! 디진다,

                     진짜! (갑자기 웃기도 하고) 크크크, 아… 아아악… 아프다고!

쓰러진 상태로 잡혀서 꺾인 손이 조금씩 부러지자 아파하며 발악하는 짱구.

마석도   야, 이런 걸로 사람을 찌르면… 개새끼야. (짱구 여기저기를 폭폭

                     찌르며)

                     아퍼? 안 아퍼? 아퍼? 안 아퍼?

짱 구   아! 악! 악! 악! 아퍼요! 아프당께! 너무 아파! 아! 씨벌!

마석도가 칼을 뺏어 저쪽으로 던지면서, 형사들에게 야! 하고 신호하고, 오동균과 강홍석은 재빨리 인질들을 밖으로 대피시킨다.

짱 구   (꿈틀꿈틀 병을 들고 일어나며) 다 디졌어…

마석도   아… 짱구는 못 말려.

짱구 "이 씨발!" 하며 병을 휘두른다. 마석도가 왼손으로 막으며 오른손으로 짱구의 멱살을 잡아들고, 순간 몸을 돌리며 세게 당겨 카운터에 짱구의 옆얼굴을 쾅! 내리꽂는다. (뚝!) 실신, KO. 뒤에서 지켜보던 김상훈이 헉한다. 그 모습을 본 오동균도 자기가 아파한다. 마석도가 기절한 짱구를 끌고 나온다. 박수치는 시민들. 누군가 마석도에게 사진 촬영을 요청한다.

누군가   형사님! 이쪽이요! (마석도가 돌아보자 찰칵!)

#5. ─────── 금천서 컨테이너 사무실(내부/ 낮)

험악한 인상으로 짱구를 끌고 나오는 마석도의 사진. 눈에 〈기생충〉
포스터같이 까만 줄이 그어져 있지만 누가 봐도 마석도다.

[펼쳐진 신문의 헤드라인] "경찰의 과잉 진압에 얼굴 함몰, 전치 12주 중상"

마석도와 오동균, 강홍석, 김상훈, 혀를 차며 신문을 본다.

오동균   누가 보면 교통사곤 줄 알겠다⋯ 아니 과잉은 또 뭔데⋯ 칼 들고
              설치는데, 아이고 선생님, 진정하이소, 이라까?

강홍석   형님한테 박수치고 영웅 대접하더니, 뒤에서 기사는 이따구로 썼네.

마석도   (사진 보며) 괜찮아. 눈 가려서 난지 몰라. (자리로 걸어가고)

그 말에 순간 멈춰버린 형사들, 다시 잠깐 보여지는 마석도 얼굴.

오동균   아이고, 형님은 몸을 가려야 된다.

강홍석   (동균에게) 얼굴만 보면 당연히 범인이라고 생각하겠죠?

오동균   딱 보믄 러시아 쪽 건달인 줄 알겠지⋯

김상훈   풉!

마석도   야, 얼굴만 보면 너네 반장은 테러범이야.

형사들   푸하하하! 큭큭큭! 캬캬캬!

이때, 사무실 문이 열리며 결재 파일을 든 전일만이 굳은 얼굴로 들어선다.
마석도와 팀원들, 살짝 긴장한다.

마석도   왜? 많이 깨졌어…?

전일만이 손에 든 결재 파일을 석도에게 건네주고 자리로 가서 앉아 괴로운 듯
얼굴을 감싼다.

마석도   내가 서장님한테 가서 얘기할게.

전일만   됐어. (얼굴 짠 나타나며 무언가에 신나서 귀엽게) 내가 잘

                  얘기했꼬~등?

마석도   (저절로 인상이 찌푸려지며) …!

전일만   이번 일 신경 끄고… 너 베트남 갔다 와야 돼. 그 파일 봐봐.

베트남이라는 말에 팀원들은 귀가 쫑긋하고… 마석도가 결재 파일을 펼치며,

마석도   베트남? 왜?

전일만   유종훈이 알지?

마석도   몰라.

삼인조 사건 파일. 이종두, 김기백, 유종훈 순서대로 얼굴 사진이 붙어 있다.
얼굴 사진.
[그에 따른 설명] "이종두-특수강도, 김기백-특수강도 공범, 유종훈-종범(망
보기 및 차량 운전)"

오동균	아! 인마들… 그 있다 아입니까? 작년에 세 놈이서 가리봉동 금은방
	턴 새끼들… 아, 그 망 보고 운전한 놈, 유종훈이.
마석도	아… 고놈들…
전일만	어, 그 유종훈이가 베트남에서 그 사건으로 자수를 했어.
마석도	왜?
전일만	모르지. 그것도 베트남 경찰이 아니라 우리 영사관에 찾아가서.
	그냥 걔만 데리고 오면 되니까 가볍게 갔다 와. 2박 3일 휴가 간다,
	생각하고.
마석도	그래? 누구랑?

그 순간, 동시에 손을 드는 세 명. 서로를 보더니,

오동균	행님, 저 외국 한 번도 못 가봤습니다.
강홍석	제 누나의 친구의 동생의 가까운 분이 베트남 삽니다.
오동균	야, 홍석이 이런 식으로 기오르나?
김상훈	열심히 하겠습니다!
오동균	막내 니는 또 와?
강홍석	야, 안 내려? 전입 온 지 한 달도 안 된 놈이 빠져가지고…

오동균과 강홍석이 눈으로 레이저를 쏘지만, 김상훈은 외면하며 버틴다.

전일만	이것들이 뭐 놀러 가냐? 나랑 갈 거야. 둘이.
마석도	너 영어 할 줄 알아? 해봐.
전일만	아 라이크 투 오더 샐러드 퍼스트 버트 노 오니언 앤드 노 '발사'
	비니거. (샐러드를 먼저 주문하고 싶은데 양파랑 발사믹 식초는

빼주세요)

마석도	발사…? 맞는 말이야 지금?
전일만	그럼 4년제 대학을 나왔는데. 기본적인 회화는 다 하지… 외국 다닐 때는 나랑 다니면 편하지. 나만 따라다녀.
마석도	오, 반장 멋있다~

#6. ——— 비행기 INSERT(낮)

인천국제공항 활주로에서 이륙하는 여객기.

#7. ——— 호찌민, 떤선녓국제공항(외부/ 낮)

호찌민 떤선녓국제공항 전경.

#8. ——— 호찌민, 떤선녓국제공항 구금실(내부/ 낮)

베트남어 안내 방송이 들리는 가운데, 마석도와 전일만이 구금실 안에 나란히 갇혀 있다.

마석도	넌 뭐야…?
전일만	베트남 애들이 영국식 영어를 잘 못 알아듣네.
마석도	저번에 뭐가 발사한다 그럴 때부터 알아봤어. 아오 씨…
전일만	야! 우리가 잡힌 건 니가 무섭게 생겨서 그런 거야.
마석도	(무시하며, 근처 베트남 직원 1에게) 어이, 저기. 헬로우? 어… 나 코리아 폴리스. 우리 바뻐. 나가야 돼. 아웃. 오케이?

직원 1	(영어) 조용히 하세요!
마석도	영어를 아예 못 하는구나.

문이 열리고 말쑥한 차림에 출입증을 단 모범생 스타일의 경찰주재관 박영사가 들어온다.

박영사	아이고, 제가 좀 늦었습니다. 한국총영사관 경찰주재관 박창수입니다.
전일만	금천경찰서 전일만 반장입니다.
마석도	예, 부반장 마석돕니다.
전일만	초면에 실례가 많습니다. 부하 직원이 영어를 못해서요.
마석도	…(이런 시발놈이)
박영사	(석도를 보고 이해한다는 듯) 괜찮습니다. 나가서 식사부터 하시죠.

#9. ——— 호찌민, 식당(내부/ 밤)

밤이 되어도 후덥지근한 호찌민 식당가 전경. 식당 한쪽에 자리 잡은 마석도, 전일만, 박영사. 빈 그릇을 두고 입가심으로 시원하게 사이공맥주를 들이키는 전일만.

전일만	캬, 좋다. 이게 천 원이야?

익숙한 한국말이 들리고, 마석도가 돌아보면, 몸에 문신을 두른 한국인 세 명이 한쪽에서 밥을 먹고 있다. 한국인 세 명 모두 손등에 같은 문신. 매의 눈이 되는 마석도. 한 명이 테이블 위에 놓인 손가방에서 돈뭉치를 꺼내 보며

좋아하고, 다른 한 명은 검은 봉지에서 뭔가를 주섬주섬 꺼낸다.

마석도	(전일만에게) 쟤네들. 한국 조폭들 같은데?
박영사	근처에 한국 업소들이 많이 생기면서 요새 한국 조폭들이 부쩍 늘고,
	강력 사건도 더 늘었습니다. 근데 잡는 게 거의 불가능해요.
전일만	왜요?
박영사	외국인은 절차가 까다로워서, 수사 협조 공문 왔다 갔다 하는 데만
	세월 다 가거든요. 그동안 다 도망치는 거죠.
마석도	(조폭들과 눈이 마주치자 씩 웃으며 손을 흔든다) 어! 그래. 깡패들…

마석도와 눈이 마주친 조폭들이 이상한 느낌을 받자 서로 눈빛을 주고받더니 테이블 위에 흩어진 작은 봉지들(알약과 대마초인 듯한)을 주워 담는다.

마석도	저거 대마 아냐?
전일만	(불길하다) 아니야, 석도야.
마석도	이 새끼들이 한국 아니라고 대놓고… (일어나며) 잠깐 있어 봐.
전일만	(석도를 붙잡고 말리며) 제발 오늘만은 아니라고 생각해주면 안
	되겠니? 숨 좀 돌리자.

그새 도망가버리고 없는 한국 조폭들. 옆 테이블에서 명함을 돌리는 삐끼 두 명, 마석도 일행에게 다가와 명함을 건네며, 꾸벅.

삐끼 2	한국분이시죠~ (꾸벅) 오프닝 행사 중입니다. 좋은 가격에
	모시겠습니다.
삐끼 1	서비스는 강남! 가격은 호찌민!

마석도에게 명함을 건네는 삐끼 1, 그는 휘발유다. 놀라는 마석도와 전일만.

마석도	어? 휘발유! 너 뭐냐?
휘발유	마석도! …혀 …형님!

마석도와 눈이 마주치자 흠칫 놀라는 휘발유. 옆에 선 삐끼 2(식용유)는
눈치를 본다.

#10. ──── 호찌민, 식당(내부/ 밤)

마석도 일행과 합석한 휘발유. 식용유와 박영사가 서로 명함을 주고받는다.
마석도는 휘발유가 건넨 보물섬 가라오케 명함을 유심히 본다.

휘발유	나도 인생을 좀 멀리 보고 그런 게 있쨈까. 언제까지 한국서 그러구 살 순 없쨈까.
마석도	그러면 인마, 낮에 하는 밝은 일을 해.
식용유	우리 형님 밝게 일하고 있슴다.
마석도	휘발유, 애는 뭐야?
휘발유	식용윱다!
전일만	반갑다. 난 참기름이야.
휘발유	형님들은 여기 어쩐 일로 왔슴까? 범인 잡으러 왔슴까?
마석도	휴가 왔어, 휴가.
휘발유	형님들, 조심해야 됨다. 잘 알겠지만, 한국 경찰은 여기서 맥을 못 씀다. 그리고 여기 조폭들 중엔 총 갖고 다니는 놈들이 많단 말임다.
전일만	(박영사에게) 진짜 총 가지고 다녀요?

박영사	네. 총도 갖고 다니고, 마체테라고 큰 칼도 갖고 다니고,
	그에 비하면 한국은 안전한 나라죠.
마석도	…

#11. ———— 호찌민, 대한민국총영사관(외부/ 낮)

베트남 시내에 위치한 대한민국총영사관 전경.

#12. ———— 호찌민, 대한민국총영사관 사무실(내부/ 낮)

잘 정리된 박영사의 책상 앞에 의자를 놓고 앉은 전일만과 마석도. 서류를
정리하여 두 사람 앞에 가지런히 놓는 박영사. 마석도는 벽에 붙은 한국인
실종 전단지를 훑어보며,

마석도	관광객 실종 사건이 많네요.
박영사	한 달에 3만 명씩 오니까 사건들이 많아요. 작정하고 잠수 타는
	사람들도 있고… 전부 돈 문제죠, 돈. (전일만에게) 여기 사인하시면
	됩니다. 출입국관리실로 서류 보내면, 내일 오전 10시 이후에 인도해
	가실 수 있습니다.
전일만	뭔 서류가 이렇게 많아요?
박영사	워낙에 특이한 케이스라… 범죄자가 영사관으로 찾아와서 자수를
	한다는 게, 유례가 없었거든요. 방 하나 비워서 임시로 구금을 하기는
	했는데, 경비 인력 배치해야지, 끼니 챙겨줘야지, 저희로선 애로
	사항이 많습니다.
마석도	근데 왜 자수를 한 거예요?

박영사	(진술서를 내보이며) 양심의 가책을 느꼈답니다.
마석도	하하하하!
전일만	푸하하하!

#13. ─── 호찌민, 대한민국총영사관 임시 구금실(내부/ 낮)

수갑을 차고 테이블에 앉은 유종훈, 눈치를 보며 햄버거와 콜라를 허겁지겁
먹는다. 맞은편엔 마석도와 전일만이 앉아 있다.

마석도	종훈아, 왜 자수했어?
전일만	양심의 가책 같은 소리 하지 말고, 똑바로 얘기해.
유종훈	진심으로 반성하고 있거든요. 한국 가서 벌받겠습니다.
전일만	이 새끼가 개기네…
마석도	(웃으며) 한국에서 징역 살고 싶어?
유종훈	네.
마석도	반장님, 여기를 '진실의 방'으로.
전일만	(당황해하며) 여기를? 어어… 알았어.

마석도, 재킷을 벗어 의자에 걸친다. 전일만은 유종훈의 콜라 컵을 뺏어
원샷하고 의자 위로 올라가더니, 천장에 붙은 감시 카메라에 콜라 컵을
씌우고는 문 앞에서 망을 본다. 순간 유종훈의 얼굴이 굳고, 마석도가 유종훈
옆으로 다가가 목에 손을 얹는다.

마석도	(살살 만지며) 어~ 괜찮아. 형은 다 알 수가 있어.
유종훈	네? 뭘…? 아…

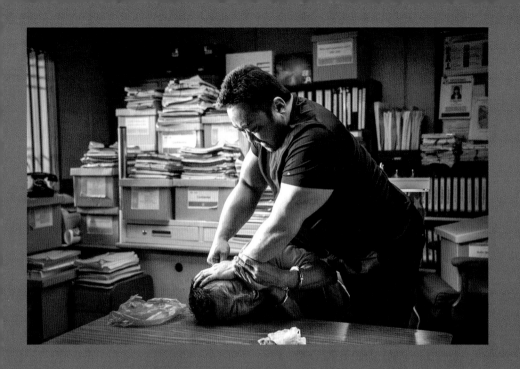

마석도	왜 자수했어?
유종훈	양심의 가책을…
마석도	(이해한다는 듯 끄덕이며, 목 옆 급소를 엄지로 꾸욱)
유종훈	아악! 아악악! 조… 조… 조… 존두요! 아! 악! 종두가 절 죽이려고 해서…
마석도	아…! 이종두! 너랑 같이 다니던 놈? 걔도 여깄구나?
유종훈	(아차! 싶고 입을 다문다) 아니요…
마석도	(귀를 잡고 비틀며) 형은 다 알 수가 있어.
유종훈	어…?! 아악! 아아악!
전일만	어허, 부반장! 저번에도 그렇게 사람 귀를 떼어버리더니… 야! 너 빨리 얘기해! 종두가 널 왜 죽이려는데?
유종훈	헉헉. 아… 아퍼… 종두가 만나는 여자를 제가 건드려가지고…
전일만	이 새끼 또 짱구 굴리네? 야, 종두 여깄으면 기백이도 있겠네. 너희 셋이 한 세트잖아.
마석도	대답하지 마. 형은 다 알 수가 있어. (턱을 쓱 붙잡는다)
유종훈	(목이 천천히 비틀리자 고통!) 아! 아! 아니야! 몰라요! 진짜로. 기백이는 모릅니다.
마석도	그럼 종두는 안단 소리네.
유종훈	(눈물) 아… 씨…

#14. ──── 호찌민, 대한민국총영사관 사무실(내부/ 낮)

사무실 곳곳에 잔뜩 쌓인 서류들 사이, 사무실 구석에서 몰래 작전 중인
전일만과 마석도.

전일만	근데 이렇게 그냥 막 잡으러 가도 되나?
마석도	한 놈 잡으러 왔다가 여러 놈 잡아가면 너 바로 승진이야.
전일만	그런가…? 아냐, 아냐, 그래도, 우린 사법권이 없잖아. 이러면 안 돼.
	여기선 수사, 체포, 다 불법인데.
마석도	야, 가서 좋은 말로 자수시키는 건데, 이게 뭔 수사야?
전일만	참, 니가 말로 하겠다.

이때, 사무실로 들어오는 박영사.

박영사	유종훈은 뭐래요?
전일만	계속 양심의 가책이죠, 뭐…
마석도	아! 그리고 제가 호찌민에 아는 후배가 있어서 좀 만나야 되는데…
	혹시 여기 아세요? (쪽지를 건넨다)
박영사	아! 여기… 별로 안 멉니다. 근데 여기 힘한 동네라…
전일만	(마석도 가리키며) 얘가 더 험해요. (둘 다 나간다)
박영사	(나가는 두 사람을 향해) 태워 드리고 싶은데 오늘 딸내미 생일이라.
전일만	영사님 일 보세요. 택시 탈게요. 택시.

#15. ─── 호찌민, 다세대 연립주택 앞(외부/ 낮)

택시에서 내린 마석도와 전일만이 허름한 건물 앞으로 걸어간다. 쪽지에 적힌 주소를 확인하고 어두컴컴한 입구로 들어서는 두 사람.

전일만	우리 둘이 다니는 거 오랜만 아니냐? 그때도 항상 니가 뛰어다니고
	나는 전화만 했는데. 항상 그렇게 하자?

#16. ───── 호찌민, 다세대 연립주택 복도, 305호 앞(외부/ 낮)

허름하고 좁은 복도를 지나, 305호 앞으로 다가가는 마석도와 전일만.
안에서는 텔레비전 소리가 들린다. 전일만이 방문 손잡이를 돌려보지만
잠겼다.

> **마석도** 안에 사람 있네.
> **전일만** 잠겼는데? (문을 두드린다 쿵쿵!)

마석도가 아무렇지 않게 문손잡이를 잡아 돌려본다. (빠직!) 부서지는 손잡이.

> **마석도** 안 잠겼는데?
> **전일만** 야, 그걸… 부시면… 에휴.

#17. ───── 호찌민, 이종두의 은신처(내부/ 낮)

문을 열고 들어서는 마석도와 전일만. 텔레비전 소리가 가득하다. 소파에
기대어 텔레비전을 보는 이종두의 뒷모습. 마석도는 이종두에게 다가서며,

> **마석도** 종두야, 한국 가자. (얼굴 확인하고) 어?!

난감한 얼굴로 이종두를 바라보는 마석도. 이종두는 목이 그어진 채 죽어
있다. 전일만은 "어! 어!" 하며 놀라고, 마석도는 "아이 씨ㅂ…" 급히 집 안을
둘러본다. 전일만은 시신의 맥박을 확인하고 마석도를 쳐다본다.

마석도   박영사한테 전화해.

#18. ———— 호찌민, 대한민국총영사관(외부/ 밤)

불이 꺼진 대한민국총영사관 외경.

#19. ———— 호찌민, 대한민국총영사관 임시 구금실(내부/ 밤)

구금실 문을 벌컥 열고 들어서는 마석도. 유종훈은 화들짝 놀라고, 전일만과
박영사가 뒤따라 들어와 문을 닫는다. 위압적인 얼굴로 위협하는 마석도.

마석도   (손을 쳐들며) 야, 이 개새끼야… 죽을라고 거짓말을 해?
유종훈   (방어하며) 어어… 왜 그러세요?
마석도   이종두 살해당했어, 새끼야.
유종훈   예?!
마석도   니들 여기서 뭔 짓거리하고 다녔어?
유종훈   (입을 꾹 다문다)

마석도가 일어나더니 구금실 문을 연다. 의아한 눈으로 보는 유종훈.

마석도   야! 가. 나가, 풀어줄게.
유종훈   예? 아니, 형님, 저 자수했는데요.
마석도   어차피 너 솔직히 말 안 할 거니까 됐어. 필요 없어. 빨리 가.
유종훈   (오히려 물러서며) 아니, 형님, 이러시면 안 되구요…

마석도가 유종훈을 밖으로 끌고 나가려 한다. 유종훈은 사색이 되어 바닥에 주저앉아 버티다가, 마석도의 바짓가랑이를 잡고 늘어진다. 박영사가 놀라자 전일만이 박영사를 안심시킨다.

유종훈   (다급하게) 형님, 제발 살려주세요. 밖에 나가면 저도 종두 꼴 납니다.

마석도   솔직하게 말해봐. 너 뭐 숨기고 있지?

유종훈   (난처한 표정을 지으며 대답 못 하는)

마석도   알았어, 안 궁금해. 말하지 마. 너 씨바 이제부터 '말하면' 죽여버린다.
          (유종훈을 잡아끌며) 들어가. 멀리 안 나갈게~

유종훈   알았어요! 알겠어요! 말할게요. 여기 베트남에서 강해상이라는 놈을
          만나서 사람을 납치했어요.

마석도   강해상?

#20. ─── 호찌민, 갈대숲 옆 도로, 승합차(외부/ 정오) FLASH BACK

유종훈   (N) 네, 강해상이 리조트 사업하는 최용기 사장을 납치하자고 저희를
          꼬셨어요. 이미 세팅을 다 해놨더라구요. 최용기가 집에 돈이 많아요.
          어린 놈인데 싸가지도 없고, 돈을 물 쓰듯 펑펑 썼습니다.

갈대숲 옆으로 뻗은 국도 위를 먼지 날리며 달리는 승합차. 피가 흥건한 수건을 입에 물고 고개를 숙이고 있는 최용기. 옆에서는 이종두와 유종훈이 여러 개의 백팩에 담긴 현금 다발을 세고 있다. 운전 중인 김기백이 룸미러를 힐끗거린다. 강해상의 뒷자리엔 두익이 타고 있다.

김기백   얼마 짜냈어?

이종두	신용카드로 5000, 법인카드로 4000, 다 합해서 9000인데…
유종훈	하… 나누면 두당 2000도 안 되네… 우리 이거 털려고 이 지랄한 거야?
김기백	아… 씨ㅂ… 내 도박 빚만 1억인데! (강해상에게) 어떻게 된 거야?!
강해상	종두 씨, 작업 많이 했다더만. 뭐예요? 다들 초짜잖아.
김기백	뭐? 이 씨발! (브레이크를 콱 밟는) 야, 지금 뭐라 그랬어?

승합차가 출렁거리며 멈추고, 차 안에 살벌한 긴장감이 흐른다.

강해상	답답해서 그래요. 멍청한 건지. (두익을 보며) 아니, 순수한 건가?
김기백	최사장 돈만 아니었으면 진작에 뒈졌어. 오냐오냐해주니까, 개새끼가.
두 익	(칼을 꺼내 들며) 니네 돈 벌기 싫구나? 적당히 해.

이때, 최용기가 갑자기 차 문을 열고 눈앞의 갈대숲을 향해 도망친다. 깜짝 놀란 이종두와 유종훈이 쫓아간다. 김기백이 강해상을 노려보다 뛰쳐나간다. 강해상의 표정이 굳는다. 멀리 필사적으로 달리는 최용기와 뒤쫓는 삼인조. 강해상과 두익이 차에서 내린다. 강해상이 마체테를 꺼내 들고 갈대숲으로 걸어간다.

[CUT TO]
갈대숲을 헤치며 미친 듯이 달리는 최용기. 따라잡은 이종두와 유종훈이 최용기를 잡아 넘어뜨린다. 뒤따라온 김기백이 최용기를 잡고 두들겨 팬다. 만신창이가 된 최용기가 무릎을 꿇으며,

최용기	(거친 숨을 내쉬며) 형님들, 나 좀 보내줘. 내가 한 사람당 1억씩 드릴게요.
김기백	헉, 헉, 너 진짜야?
최용기	제발 저 좀 그냥 보내주세요. 아무한테도 말 안 합니다. 호텔 금고에 2억 있어요. 2억. 금괴도 좀 있고. 비밀번호 2963. 2963. 다 가져가세요.
유종훈	2963? 이 새끼야, 전에 돈 빌려 달랄 때 줬으면 얼마나 좋아?
이종두	최사장님, 진작 이렇게 얘기를 하지 그랬어? 그럼 서로 고생 안 하잖아.

갈대숲을 헤치며 등장하는 강해상과 두익. 최용기는 강해상을 보자 경기를 하듯 놀란다. 강해상은 그대로 최용기를 향해 걸어가더니 마체테로 최용기의 머리를 내려친다. (퍽!) 최용기가 쓰러지고 피가 튀자 유종훈과 이종두, 김기백은 깜짝 놀라며 옆으로 물러선다. 두세 번 더 내려치는 강해상.

강해상	(최용기를 발로 툭툭친다. 움직임이 없다) 뭐야… 뒤진 건가?
김기백	어… 죽었잖아! 죽이면 어떡해. 돈 받아야지. 미쳤어?!

하는데 갑자기 두익이 뒤에서 김기백을 큰 손으로 잡더니 칼로 심장을 찍어버린다. 커억! 가슴을 부여잡고 쓰러지는 김기백. 뜨거운 태양빛에 땀과 피를 뒤집어쓴 강해상, 힘이 빠져가는 김기백을 내려다본다.

강해상	다 방법이 있어.

이를 재미있다는 듯이 쳐다보는 두익. 강해상이 얼어붙은 유종훈은 이종두를

돌아보며,

　　　　강해상　　좋지? 대가리 하나 줄어서.

#21. ──── 호찌민, 단독주택 뒷마당(외부/ 밤) FLASH BACK

시신을 싼 비닐이 바닥에 끌린다. 유종훈은 힘겹게 시신을 옮기고 있고,
이종두는 삽질 중이다.

　　　　이종두　　(눈치 보며) 우리 도망가자.
　　　　유종훈　　여기까지 왔는데 씨발, 돈은 받아야지.

이때, 문을 열고 들어온 두익이 강해상 앞에 가방을 열어 보인다. 많은 현금과
묵직한 금괴.

　　　　두 익　　이야, 역시 외국이 좋아. 작업하기 좋지, 돈 쓰기 좋지, 경찰도
　　　　　　　　느슨하고… 말 나온 김에 필리핀 어때? 필리핀 카지노에 한국
　　　　　　　　사람들이 그렇게 많다던데…
　　　　강해상　　…돈을 좀 더 만들어야겠다. 최용기 핸드폰 줘봐.

강해상이 두익에게 핸드폰을 받아 폴더를 열어 전화번호를 찾더니 통화
버튼을 누른다. 유종훈과 이종두는 눈치를 살피며 삽으로 구덩이를 파기
시작한다.

　　　　최춘백　　(V.O) 용기냐?

강해상	용기 아버님이시죠?
최춘백	(V.O) 누구냐?
강해상	아드님 납치됐어요.
최춘백	(V.O) 뭐?
강해상	여기 베트남입니다.
최춘백	(V.O) 너 뭐하는 새끼야?
강해상	용기는 잘 있습니다. 5억이면 집으로 돌려보냅니다.
최춘백	(V.O) 이 새끼가 어디서 개수작을… 내 아들 바꿔.
강해상	계좌 번호 하나 적으세요. 달러로…

최춘백은 강해상의 말이 채 끝나기도 전에 일방적으로 전화를 끊어버린다.

　　강해상　　…뭐야?

유종훈과 이종두가 구덩이 안으로 비닐에 싸인 시신을 던지려는데,

　　강해상　　(O.S) 야, 잠깐만.

두 사람이 돌아본다. 한 손에 마체테를 든 강해상이 다가오더니 비닐을 걷어
최용기 팔을 잡아 빼낸다. 강해상이 유종훈을 향해,

　　강해상　　여기 좀 잡아봐.

겁에 질린 유종훈이 최용기의 손끝을 잡는다. 강해상이 마체테를 들어 시신의
팔꿈치를 내려친다. 몇 번을 내려치더니 잘린 팔을 유종훈에게 던지는 강해상.

강해상	깨끗하게 피 좀 닦아.

[CUT TO] 상황 점프

잔뜩 겁에 질린 유종훈과 이종두가 삽으로 땅을 덮고 있다. 구석에서 옷가지를 태우고 있는 두익. 강해상은 핸드폰으로 계좌 번호와 함께 문자 메시지를 입력한다. '받는 사람'에 '아버지'가 보인다. "일단은 팔 하나 보냅니다. 5억 입금 안 하시면 다음엔 머리를 보내드릴게요. 경찰에 신고는 마음대로 하세요." 유종훈이 담벼락을 바라본다. 쇠창살이 살짝 벌어진 개구멍이 보인다. 마른 침을 삼키는 유종훈.

[BACK TO SCENE] 영사관 임시 구금실

전일만과 박영사는 자신의 귀를 의심한다.

마석도	그래서?
유종훈	그리고 이틀인가 있다가 돈이 입금됐고… 종두랑 저는 그냥 튀었습니다. 돈 들어오고 나니까 눈빛이 바뀌더라구요. 그런데 얼마 전부터 수상한 놈들이 제 뒤를 캐고 다니는 겁니다. 강해상이가 저 죽일라고 동생들을 보낸 것 같습니다.
마석도	(때리려 하며) 진작에 얘기를 해야지. 아요 씨… 그래서 자수했어?
유종훈	예… 종두도 분명히 강해상이가 죽인 겁니다. 여깄는 거 알면 저도 죽습니다. 제발 한국으로 보내주세요.
전일만	어떡하지?
마석도	시신부터 찾자. (유종훈에게 종이를 던지며) 거기다 그 집 주소 적어.
박영사	자꾸 그러시면 진짜 추방당해요. 그냥 공안에 넘기세요. 제발 부탁 좀 드리겠습니다.

마석도   (박영사 안 볼 때) 메롱.

#22. ──── 금천서 컨테이너 사무실(내부/ 낮)

오동균과 강홍석 그리고 수갑을 찬 용의자 한 명이 모여 앉아 컵라면을 먹고 있다. 그때, 강홍석의 핸드폰이 울린다. 강홍석이 발신자를 확인하고 받는다.

강홍석   어! 형님. 재밌으세요? 저희 아침 먹고 있습니다.

#23. ──── 호찌민, 경찰서 복도(내부/ 낮)

이국적인 호찌민 경찰서 내부. 한쪽 복도 끝에서 마석도가 강홍석과 통화한다.

마석도   '강해상'이라는 이름으로 뭐 나오는 거 있는지 알아보고. 최근에 '최용기'로 실종 신고된 거 있는지도 확인해봐.

[BACK TO SCENE] 금천서 컨테이너 사무실

강홍석   (수첩에 이름을 쓰며) 강해상, 최용기. 다른 인적 사항은 없구요? (사이) 예, 알겠습니다, 형님. 여기 신경 쓰지 마시고 푹 쉬다 오세요.

강홍석이 통화를 끝내자 오동균이 묻는다.

오동균   석도 행님?
강홍석   예.

오동균	하이고 우리 행님, 또 베트남에서 뭐 잡으러 뛰댕기는 갑네. 그늘에 앉아가 칵테일이나 마시지, 땀나구로 그 뭐 한다고…
용의자	베트남은 다낭이 참~ 좋은데…
오동균	아, 진짜가? (정색하며) 밥이나 무라. 쌍코피 터자뿌기 전에. 새끼 마.

김상훈이 헬멧을 가지고 들어온다.

김상훈	여기 하이바 가지고 왔습니다.
강홍석	어, 얘 밥 다 먹고 시작하자.

뭐지? 하는 불안한 표정으로 헬멧을 바라보는 용의자.

#24. ──── 호찌민, 단독주택 앞(외부/ 낮)

호찌민 8군을 흐르는 강을 따라 길게 늘어선 낡은 판자촌 마을 전경.

#25. ──── 호찌민, 단독주택 앞(외부/ 낮)

마석도와 전일만이 '렌트' 팻말이 걸린 대문 앞에서 안쪽을 살피고 있다.
박영사가 근처 주민들에게 집주인을 아느냐고 물어보고 있는데. (꽝! 꽝!)
갑자기 마석도가 대문을 발로 찬다. 놀라는 주민들을 보고는 안 되겠다! 싶은
박영사가 마석도를 몸으로 막아선다.

전일만	석도야, 너 진짜 이러면 안 돼. 여기는 가리봉동이 아니야…
박영사	잠깐만요, 잠깐만요. 아, 진짜 이러시면 안 돼요, 마형사님.

마석도	참… 이 새끼 좀 잡읍시다.
박영사	진짜 왜 이러십니까? 이거 명백한 불법입니다. 문제 생기면 책임지실 거예요?
전일만	석도야…
마석도	아니. 여기 법이 우리나라 사람들 못 지켜주면 우리라도 좀 지켜줘야 되는 거 아닌가?
박영사	…
전일만	석도야…
마석도	그럴라면 이 살인자 개쓰레기 같은 새끼들 다 죽여야지!

박영사는 수긍하는 눈빛이 된다. 대문을 발로 힘껏 차는 마석도. 결쇠가
부서지며 열리는 문.

마석도	(박영사 어깨에 손을 얹으며) 말 편하게 할게. 반장, 뭐라고?
전일만	까먹었어.

#26. ──── 호찌민, 단독주택 뒷마당(외부/ 낮)

널찍한 뒷마당. 흩어져서 땅을 파는 마석도, 전일만, 그리고 박영사. 모두들
러닝셔츠 바람으로 삽을 휘두르며 땀을 흘린다.

전일만	아이고, 허리야… 뭔 지랄이냐 이게. 응?
마석도	반장, 엄살 부리지 말고 제대로 좀 파봐.

다시 삽질하는데, (툭) 비닐 뭉치가 드러난다. 마석도가 비닐을 잡아들자

보이는 시신.

　　마석도　(시신을 보고 인상을 구기며) 찾았다. 아, 씨…

　　박영사　(놀라며) 으악! 여기, 여기도 있습니다!

　　마석도　거기도 있어?

　　전일만　난리 났네. 난리 났어…

#27. ──── 호찌민, 단독주택/ 베트남 식당(교차, 외부/ 낮)

공안들이 시신을 수습하고 있는 현장. 대문 밖은 구경꾼들이 몰려들어
시끌시끌하다. 한쪽에서 현장을 지켜보고 있는 전일만과 마석도.

　　전일만　시신이 전부 네 구야. (울상으로) 석도야. 나는 진짜로 여기 휴가 온
　　　　　　거거든.

실려 나가는 시신을 보던 마석도가 한쪽으로 비켜서며 핸드폰을 열어
휘발유와 통화한다.

　　마석도　너, 강해상이라고 들어봤어?

　　휘발유　아니, 형님도 그 새끼 잡으러 다닙니까?

　　마석도　그 새끼 어떻게 알아?

　　휘발유　라꾸라고 여기서 자리 잡은 한국 조폭인데, 한 3일 전에 여기저기서
　　　　　　강해상이를 찾고 다녔슴다.

　　마석도　라꾸? 그 새끼 어딨어? 당장 알아보고 문자 보내. (전화를 끊는다)

이때, 입구 쪽에서 큰 소리가 들린다. 박영사가 베트남 트란 형사를 데리고 오며 달래고 있다.

트란 형사 (베트남어) 말이 되는 소리를 하세요. (영어) 한국 형사가 왜 여기서
　　　　　수사합니까? 당신 나라에는 법이 없습니까?!

박영사　　(영어) 죄송하게 생각합니다. 저희 쪽에서 최대한 문제 없도록 조치할
　　　　　겁니다.

트란 형사 (영어) (전일만을 향해) 당신들이 책임져야 할 게 있을 겁니다!
　　　　　호텔에서 대기하세요! 제가 직접 당신들 소환 조사하겠습니다.

전일만　　아니, 아무리 우리가 수사권이 없다고 해도 그렇지, 우리나라 사람들
　　　　　죽은 사건인데 너무한 거 아니야! 우리도 경찰이야, 경찰!

트란 형사 (영어) (박영사에게) 뭐라 그러는 겁니까?!

주변의 베트남 공안들이 전일만을 싸하게 바라보며 소총을 고쳐 잡는다.

마석도　　(전일만을 말리며) 야야… 그만해. 그만… 총 꺼낸다, 총.
　　　　　(트란에게) 오케이 쏘리, 쏘리. 알겠어. 알겠어.

박영사　　이제부터는 수사하시면 큰일 납니다. 예? 아시겠지요? 일단 호텔로
　　　　　가 계세요. 여기는 제가 수습할게요.

박영사가 트란 형사를 달래며 한쪽으로 데리고 가며,

박영사　　(영어) (트란에게) 일단, 진정 좀 하세요. 형사님. 제가 어떻게든
　　　　　책임지고 문제 없도록 하겠습니다.

트란 형사 (영어) 두 번 다시 이런 일 없도록 하세요! 마지막 경고입니다.

[CUT TO]

전일만   강해상 이 새끼는 어떻게 같은 한국인한테 이렇게까지 하냐? 쓰레기
          같은 놈.
마석도   무조건 잡아야 돼. 영사관까지만 끌고 오면 한국 가는 비행기 태울 수
          있는데.

(띠링) 마석도의 핸드폰 문자 메시지 도착 소리. 마석도가 핸드폰을 본다.

전일만   어떻게 잡을 건데? 계획이라도 있어?
마석도   따라와.
전일만   그게 계획이야? (박영사 눈치를 보며 따라나선다)

박영사를 피해 현장을 빠져나가는 마석도와 전일만. 베트남 주민들이 몰려
있는 대문 앞을 마석도와 전일만이 빠져나가는데, 구경하던 주민들 너머로
천막을 들추며 나타나는 강해상과 두익! 베트남 주민들 사이에서 시신 발굴
현장을 바라본다.

두 익   베트남은 끝인 거 같은데. 어때? 필리핀.
강해상   돈부터 챙기자.

#28. ──── 호찌민, 낡은 다세대 아파트(강해상의 은신처, 외부/ 낮)

화면 넓게 보이는 호찌민 ○군 전경. 멈춰선 짙은 선팅의 SUV에서 양복을
입은 은갈치와 사마귀가 내린다. 그 뒤로 중국인 킬러 두 명이 따라 내린다.

핸드폰을 든 사마귀가 위를 올려다보면 아파트 복도에서 얼굴에 문신한
끼불이가 담배를 피우며 "여기요, 여기" 손을 흔들고 있다. 낯선 양복을 입은
은갈치와 사마귀 뒤로 늘어선 중국인 킬러 두 명과 미얀마 킬러 네 명이
아파트를 향해 걸어간다.

#29. ───── 호찌민, 낡은 다세대 아파트(내부/ 낮)

사마귀와 여섯 명의 갱들이 집 안 곳곳을 뒤진다. 은갈치는 거실을 둘러본다.
옆에는 까불이가 서 있다.

은갈치	여기 맞아?
까불이	확실합니다. 제가 직접 확인했습니다.
사마귀	(O.S) 찾았어.
은갈치	됐어. 가봐.

까불이는 서둘러 빠져나간다.

[CUT TO]

은갈치와 사마귀가 안방 벽장 앞에 서 있다. 벽장 속엔 대형 캐리어가 있고,
열어보자 비닐에 싼 달러 뭉치들과 금괴가 보인다. 생각보다 많은 돈에 놀란
사마귀. 은갈치가 살짝 긴장하며 웃는다.

#30. ───── 호찌민, 낡은 다세대 아파트(내부/ 낮)

누군가와 핸드폰으로 통화를 하는 은갈치. 전화를 끊고 사마귀에게,

은갈치	돈 보내고 와.
사마귀	(끄덕)

#31. ──── 호찌민 외곽, 불법 도박장 입구(외부/ 낮)

호찌민 외곽의 도박장 건물로 들어가는 베트남 택시.

#32. ──── 호찌민 외곽, 불법 도박장(내부/ 낮)

자욱한 연기. 네 명의 아바타들이 이어폰을 낀 채 바카라 도박을 한다.
험상궂게 생긴 관리자들이 러닝셔츠 바람으로 여러 개의 모니터를 살핀다.
문이 열리고, 마석도와 전일만이 들어선다. 테이블 주변을 지키는 건달들의
시선이 쏠린다. 건달을 향해 손짓하는 마석도.

마석도	야, 너 일로 와봐. 그래 너, 라면 대가리 일로 와봐.
건달 1	뭐야?
마석도	야, 라꾸라꾸 침댄가 걔 좀 불러와.

건달들이 마석도 전일만 주변으로 몰려들며,

건달들	(구시렁거리며) 아저씨들 누군데?
전일만	어? 이 새끼들 지명수배 떠서 도망 온 놈들이네. (배지를 보이며) 야, 저쪽 벽으로 주욱 서봐, 이 새끼들아.
건달 1	(피식피식 웃으며) 경찰이세요? 나가세요. 욕보지 말고.
마석도	라꾸 저기 안에 있냐? (사무실 쪽으로 걸어가려 한다.)

건달 1이 마석도를 붙잡고 주먹으로 치려하자, 마석도가 (탁!) 막고 손바닥으로 (빡!) 바로 KO! 미석도는 덤비는 건달 2의 주먹을 피하며 핵주먹. (빡!) 선 채로 기절! (쿵!) 건달 2 넘어지고, 건달 3은 잡아서 던져버린다. 날아가서 등으로 떨어져 테이블을 부순다. (우당탕!) 건달들 순식간에 작살난다. 테이블 근처에 서 있던 딜러와 도박꾼들이 도망친다. 나머지 건달들 물러서고, 사무실 문이 열리며 라꾸와 까불이가 나온다.

> **라 꾸**　　한국 경찰이 왜 남의 영업장에 와서 지랄이야? 니네가 공안이야?
>
> **마석도**　　아, 너가 라꾸구나?
>
> **라 꾸**　　그래. 내가 라꾸다, 이 씨발놈아. (주먹을 휘두르는 라꾸)

마석도가 피하며 레프트훅. (빡!) 컥 하고 쓰러지는 라꾸. 옆에는 까불이가 서 있다.

> **마석도**　　넌 뭐야?
>
> **까불이**　　까불인데요?
>
> **마석도**　　까불고 있어. (싸대기 빡!)

정신 잃고 쓰러지는 까불이. 라꾸는 숨을 못 쉬고 고통스러워 하다, 허리춤에 숨긴 총을 꺼내 배를 부여잡고 일어나 마석도에게 총을 겨눈다. 전일만은 깜짝 놀라며 뒷걸음질 치며,

> **전일만**　　총이다!

전일만의 말에 주변에 있던 도박꾼들이 몸을 숨긴다. 마석도는 굉장히 짜증을

내며 오른손을 번쩍 들고 때릴 듯이 다가간다.

마석도   이 새끼가 어디서 장난감을 들고… 뒤질라고 이씨…

전일만   가짜야? 이 새끼가. (다가가다가)

라 꾸   (뒷걸음질 치다가) 어어어… 이게 미쳤나? (다시 다가가며) 이거
                 진짜야, 새끼야. 죽을래?

전일만   (다시 물러나며) 진짜다! 진짜!

마석도   (번개같이 총을 낚아챈다) 뿅.

라 꾸   …!

마석도   이 새끼 이거 진짜 총이네?! (라꾸의 머리채를 잡고 머리에 총구를
                 대고) 이게 죽을라고. 이 씨브!

라 꾸   (무릎 꿇으며) 죄송합니다! 죄송합니다! 살려주세요! 살려주세요!

마석도   (건달들 쪽으로 총 겨누며) 다 엎드려 이 개새끼들아! (건달들 후다닥
                 엎드린다. 마석도 다시 라꾸에게) 너, 강해상이 왜 찾았어?

라 꾸   네? 저흰 돈 받고 그 사람들한테 위치만 찾아준 거라 자세한 건
                 모릅니다.

마석도   그 사람들이 누군데?

라 꾸   한국에서 보낸 선수들이라는 거 말고는 몰라요! 진짭니다!

마석도   선수? 그래서 강해상이를 찾았어?

라 꾸   네, 저 까불이가 안내했습니다.

이제 정신이 깨서 맞은 뺨을 붙잡고 슬금슬금 기어 도망가는 까불이를
마석도와 전일만이 쳐다본다.

전일만   어이, 너! 뭐야?

까불이	(찔끔 놀라 돌아보며) 까불인데요?
전일만	까불지 말고 일로 와.

#33. ──── 금천서 컨테이너 사무실(내부/ 낮)

오동균, 강홍석이 각자 용의자들을 심문하고 있다. 김상훈은 서류를 정리한다.
강홍석의 핸드폰이 울린다. 확인하고 받는 강홍석.

강홍석	예, 형님. 어디세요?

#34. ──── 호찌민, 택시 안(외부)/ 금천서 컨테이너 사무실(내부/ 낮)

마석도와 전일만을 태운 택시가 도로를 달린다. 마석도는 강홍석과 통화한다.
조은캐피탈 인터넷 사이트를 살펴보는 강홍석.

마석도	어, 강해상이 위치 파악 해서 지금 급하게 가고 있어. 너는 뭐 좀 찾은 거 있어?
강홍석	강해상은 본청 정보과에 있는 친구한테 부탁해놨습니다. 근데 형님, 최용기는 좀 이상한 게, 실종 신고가 안 돼 있어요.
마석도	그래? 걔 아버지는 뭐하는 사람이야?
강홍석	이름은 최춘백, 조은캐피탈이라고, 대부 업체 회장입니다.
	(조은캐피탈 조직도 PC 화면을 보며)
마석도	어디서 들어본 거 같기도 하고…
강홍석	명동 사채 시장 큰손에, 대부 업체는 그냥 간판이고, 주 종목은 기업 사채. 하루에 땡기는 현금이 재벌들보다 많습니다.

마석도	그런 양반이 아들이 실종됐는데 신고를 안 했다?
강홍석	뒤 좀 더 따볼까요?
마석도	앞도 좀 따봐.
강홍석	그게 뭐야…
마석도	전화할게.

마석도가 골똘히 생각하는 표정으로 핸드폰을 끊는다.

| 마석도 | 최용기 아버지가 납치한 놈들 죽일라고 선수들 보낸 것 같은데? |
| 전일만 | 에엥? 그러면 이종두도 그 새끼들이 죽인 거 아니야? |

#35. ——— 호찌민, 낡은 아파트 복도(외부) / 강해상의 은신처(내부/ 낮)

은갈치가 복도에서 밖을 바라본다. 강해상과 두익이 차에서 내리고 있다.
은갈치가 고개를 돌려 집 앞에 있는 사마귀를 보고, 사마귀는 집 안으로
들어간다.

[CUT TO] 내부
칼과 흉기로 무장한 여섯 명의 킬러들이 일사불란하게 주변에 몸을 숨긴다.

#36. ——— 호찌민, 낡은 아파트 앞(외부/ 낮)

강해상과 두익이 아파트 쪽으로 걸어 들어온다.

#37. ——— 호찌민, 강해상의 은신처인 낡은 아파트 복도(문 앞/ 낮)

강해상과 두익이 코너를 돌아 복도로 들어선다. 강해상이 주변을 살피다
무언가 이상함을 느낀다. 멈춰서는 강해상과 두익. 강해상이 바닥을 보면 집
문 앞에 납작해진 담배꽁초가 떨어져 있다. 강해상이 뒤쪽을 향해 고갯짓하자,
두익은 뒤로 빠진다. 문을 여는 강해상.

#38. ──── 호찌민, 강해상의 은신처인 낡은 아파트(내부/ 낮)

은갈치와 미얀마 킬러들이 강해상이 들어오기를 기다린다. 강해상이 문고리를
돌려보는데 자연스레 열리는 문. 헛웃음을 치며 아무렇지 않게 안으로 들어가
문을 닫고 선다. 부엌문 옆에 숨은 킬러 두 명이 숨소리를 죽인다. 집 안 곳곳에
숨은 킬러들이 칼을 고쳐 잡는다. 잠시 집 안 공기를 살피던 강해상이 몸을
움직여 복도 옆 화장실로 들어간다. 화장실로 들어간 강해상이 선반 위에 놓인
마체테와 잡지 하나를 꺼낸다.
화장실에서 아무 기척이 없자 화교 킬러 2가 살짝 열린 화장실 문고리를
잡아 열어본다. 갑자기 강해상의 손이 뻗어 나와 화교 킬러 2를 잡아 안으로
당기고는 화장실 문을 닫는다. 문 안쪽에서, (쩍!) (털썩!) 깜짝 놀란 킬러들이
화장실 앞 복도로 몰려나온다.
화장실 문이 열리고 쓰러진 화교 킬러 2를 넘으며 나오는 강해상. 피를
뒤집어쓴 채 손에는 마체테가 들려 있다. 야차 같은 모습에 섬뜩함이
느껴진다. 이때, (쾅!) 복도 반대편 베란다 문이 열리며 두익이 나타나
사마귀의 어깨를 찍어버린다. 깜짝 놀란 은갈치는 두익이 휘두르는 칼을
잡고는 거실 바닥으로 넘어진다. 이를 신호로 강해상이 무자비하게 마체테를
휘두르기 시작한다.
덩치 큰 두익은 은갈치와 엎치락뒤치락한다. 부상 입은 사마귀가 두익을
공격하지만 밀린다. 강해상이 마체테를 닥치는 대로 휘두른다. 강해상의

기세에 잠시 밀린 화교 킬러 1과 미얀마 킬러 1, 2는 다시 강해상을
밀어붙인다. 강해상이 노련하게 뒷걸음질 치며 마체테를 킬러들에게
휘두른다. 마체테가 박힐 때마다 쩍 하며 뼈가 부러지고, 피가 사방으로 튄다.
좁은 복도에서 싸우던 강해상이 화분을 맞고 부엌 안으로 쓰러지며 손에 들린
마체테를 놓친다.

부엌에서 미얀마 킬러 3, 4와 육탄전을 벌이는 강해상. 미얀마 킬러 3을
때리고 일어서는데 미얀마 킬러 4가 달려든다. 강해상이 킬러 4의 머리를 잡아
싱크대에 찍는다. 킬러 3이 다시 공격하자 강해상이 싱크대 위에 있던 식칼을
빼들고 킬러 3의 목을 찔러 죽인다. 넘어진 미얀마 킬러 4가 강해상이 놓친
마체테를 들고 달려들자 강해상은 식칼로 킬러 4의 허벅지를 찍는다. 킬러
4가 몸을 돌려 강해상을 잡고 마체테로 목을 감으려 하자 강해상이 마체테를
손으로 잡고 버틴다. 이를 악물고 버티던 강해상이 킬러 4의 허벅지에 꽂힌
식칼을 빼들어 킬러의 목을 쑤셔버린다. 강해상이 떨어진 마체테를 주워
사정없이 킬러 4를 내려친다.

덩치 큰 두익이 은갈치와 사마귀 밑에 깔려 있다. 한쪽 팔로는 은갈치의
목을 감고 있고 다른 한 손은 사마귀의 목을 잡고 있다. 거실로 간 강해상이
마체테로 사마귀를 쳐 쓰러뜨린다. 두익과 은갈치가 떨어진다. 은갈치가
쓰러진 사마귀를 본다. 사마귀는 힘이 빠지고 있다. 은갈치가 도망가려는데
강해상이 은갈치의 등을 찍는다. 피를 쏟으며 주저앉는 은갈치.

      강해상   너네들 누구냐?

강해상이 안방 벽장을 들여다본다. 텅 비었다.

      강해상   하… 씨발…

아직 숨이 붙은 사마귀의 머리를 쪼개버리는 강해상. 헐떡거리던 은갈치 앞에 서는 강해싱.

> **강해상**   니들이 내 돈 가져갔니?
> **은갈치**   쿨럭, 좆까, 이 새끼야.

강해상은 은갈치의 배에 마체테를 박는다. (퍽!) 악!

> **강해상**   누가 보냈나?
> **은갈치**   (고통을 못 참고) 으으윽! 최… 최춘백 회장이…
> **강해상**   최춘백? 최용기 아버지? 아~ 내가 지 아들 죽였다고?

#39. ──── 조은캐피탈 건물 앞(외부/ 낮)

건물 앞에 최고급 승용차가 주차되어 있고, 건물 밖으로 걸어 나오는 최춘백과 박실장. 박실장의 안내로 차에 탑승하는 최춘백. 차가 출발한다.

[CUT TO]

고급 승용차 내부. 보조석에 앉아 있는 박실장의 핸드폰이 울린다. 발신자를 확인하고 서둘러 받는 박실장.

> **박실장**   어떻게 됐어?

잠시 듣던 박실장 표정이 심각해진다. 핸드폰을 최춘백에게 건넨다.

| 박실장 | 회장님께서 받아 보셔야 될 것 같습니다. |
| 최춘백 | …? |

#40. ──── 호찌민, 강해상의 은신처 낡은 아파트/ 고급 승용차(내부/ 낮)

강해상	용기 아버님, 저 강해상입니다.
최춘백	아직 안 죽었구나?
강해상	저 죽이려고 사람 보내셨네요?
최춘백	돈을 챙기고도 우리 애를 죽였는데, 무사할 줄 알았나.
강해상	집으로 돌려 보낸다 그랬지, 살려서 보낸다고 안 했잖아? 경찰이 시체 발견했으니까 받아다 장례나 잘 치르시지…
최춘백	내가 너 꼭 죽여버린다.
강해상	내 돈 9억은 왜 가지고 갔어? 다시 보내요, 죽기 싫으면. 제가 계좌 번호 찍어 드릴 테니까…

최춘백이 일방적으로 전화를 끊어버리자, 강해상은 머리끝까지 화가
솟구친다.

| 강해상 | 씨발, 매너 좆같네. 얘기 다 안 끝났는데… |

[CUT TO] 고급 승용차 내부
굳은 얼굴로 분노하는 최춘백.

#41. ──── 호찌민, 강해상의 은신처인 낡은 아파트 앞(외부/ 낮)

베트남 택시가 아파트 앞에 도착하고 마석도와 전일만이 내린다.

전일만   (긴장하며 라꾸의 권총을 꺼내 총알을 확인한다) 너무 조용한데'?

마석도   그건 왜 챙겨 왔어?

전일만   혹시 모르잖아. 또 총 들고 나오면 어떡해?

주변을 주의 깊게 살피며 걸어 들어가는 마석도와 전일만.

#42. ──── 호찌민, 강해상의 은신처인 낡은 아파트(내부/ 낮)

조용히 현관문을 열고 들어서는 마석도와 전일만, 여기저기 흥건한 피와 함께 널브러진 시체들을 확인한다.

전일만   아… 이게 다 뭐야? 도대체 몇 명이 죽은 거야?

마석도가 부엌으로 들어서고, 전일만은 거실로 들어간다.

[CUT TO]

마석도가 부엌 옆 다용도실로 들어간다. 여러 개의 캐리어들이 보이고, 캐리어 사이로 널브러져 있는 한국 여권 17개. 최용기의 여권도 보인다.

[CUT TO]

거실을 뒤지는 전일만. 서랍장과 침대 밑에는 아무것도 없고, 벽장에 눈이 간다. 뭔가 심상치 않은 기운을 느끼는 전일만. 벽장문을 열어젖힌다. 벽장 속은 텅 비어 있다. 안심하는 전일만. 자신의 행동이 겸연쩍어 피식 웃으며

돌아서는데, 베란다 문에서 강해상이 튀어나와 마체테로 전일만의 어깨를
내려찍는다. 전일만 어깨에 마체테가 박히고, "아악!" 소리치며 전일만이
주저앉는다. 강해상의 연이은 공격을 피하려 마체테를 손으로 잡는 전일만,
강해상을 밀친다. 마체테를 잡은 전일만의 손에서 피가 흐른다.

[CUT TO]

마석도가 전일만의 비명을 듣고 급히 달려 나온다. 고통스러워 하는
전일만에게 가다가 강해상과 두익을 발견한다. 마석도는 달려드는 강해상의
칼을 피하며 덜미를 잡아 벽에다 세게 던져버린다. (쾅!) 엄청난 충격으로
고통스러워 하던 강해상이 마석도에게는 안 되겠는지 슬쩍 두익 뒤로 빠지며
야비하게 두익을 마석도 쪽으로 밀고 도망간다. 동시에 두익이 마석도에게
거칠게 칼을 휘두른다. 마석도가 칼을 피하면서 빈틈을 노리다 두익의 얼굴에
핵주먹을 꽂는다. (뻑!) 얼굴이 함몰된 두익이 통나무 쓰러지듯 실신하며
그대로 머리를 바닥에 박는다. (쿵!)

#43. ──── 호찌민, 강해상의 은신처인 낡은 아파트(외부/ 낮)

강해상을 쫓아 복도로 뛰어나온 마석도. 난간 밖을 보면 강해상은 이미 도망
가고 없다. 분해하는 마석도의 얼굴 위로 공안들의 사이렌 소리가 가까워진다.

#44. ──── 호찌민, 종합병원 외경(외부/ 밤)

밤이 되어 불을 밝힌 호찌민의 종합병원 전경.

#45. ──── 호찌민, 병원 복도(내부/ 밤)

공안들이 배치된 병실 밖, 복도에서 박영사가 외교부와 통화 중이다. 복도 한쪽 텔레비전에서는 단독주택 암매장 시신과 아파트에서 일어난 살해 현장에 대한 뉴스가 나오고 있다.

#46. ──── 호찌민, 전일만의 병실(내부/ 밤)

양손과 어깨에 붕대를 감고 누운 전일만은 다 죽어간다는 듯이 소리치고 있고 침대 옆에 앉은 마석도의 손에는 수갑이 채워져 있다.

> **전일만** (더 크게) 아이고, 아이고. 나 죽네.
>
> **마석도** 야, 팔 잘린 것도 아니고, 엄살은.
>
> **전일만** (벌떡 일어나 앉으며) 엄살이라니? 얼마나 아픈지 알아? 너는 작은 칼만 맞아봤잖아. 이건 마체테야. 아무나 맞는 게 아니야, 이 칼은! 아우… 너무 아파, 너무 아파. 석도야, 이 새끼 꼭 잡자.

이때 울리는 마석도의 핸드폰 벨소리.

> **마석도** (핸드폰을 꺼내며) 내가 알아서 할 테니까 너는 좀 안정을 취해. 어, 홍석아!

#47. ──── 금천서 컨테이너 사무실(내부)/ 전일만 병실(실내/ 밤)

강홍석 뒤쪽으로 용의자를 취조 중인 오동균과 그 모습을 지켜보는 김상훈이 보인다. 마석도와 통화하는 강홍석, 동남아 한국인 관광객 납치 살해 사건 파일을 들고 있다.

강홍석	형님, 괜찮으세요? 반장님은 좀 어떠세요?
마석도	반장 괜찮아. 강해상 때문에 전화했지?
강홍석	그동안 정보과에서, 동남아에서 일어난 한국인 관광객 납치 살해 사건을 취합하고 있었답니다. 근데 네 건 모두 강해상 수법과 동일합니다. 접근해서 안면 트고, 납치해서 돈 보내라고 협박하고, 돈 보냈는데 살아 돌아온 사람은 아무도 없는 거죠.
마석도	모두 몇 명이라고?
강홍석	확인된 것만 네 명입니다. 형님, 그리고… 서장님이 사고 그만 치고 당장 들어오라고 난린데요.
마석도	알았어.

마석도가 전화를 끊는데, 병실 문을 여는 박영사의 얼굴이 어둡다. 마석도의 수갑을 풀어주며,

박영사	왜 저한테 말씀 안 하셨습니까? 예? (한숨 쉬고) 두 분 다 추방 결정이 내려졌습니다. 책임자 오면 바로 공항으로 갈 겁니다.
전일만	예?
박영사	죄송한데, 저도 더는 못 도와드리겠네요. 추방되면 당분간 베트남 자체를 못 들어오실 겁니다.
마석도	강해상 그 새끼 잡아야 돼!
박영사	형사님. 아니, 형님. 타지에서 이렇게까지 하시는 이유가 뭡니까?
마석도	사람 죽인 놈 잡는 데 이유가 어딨어? 나쁜 놈은 그냥 잡는 거야.
전일만	(맞장구치며) 아니… 강해상이를 그냥 놔두고 돌아가라고요? 절대 못 가지! (침대에서 내려와 옷을 갈아입으려 하며) 석도야, 공안들 오기 전에 빨리 튀자. 나 옷 좀 입혀줘.

마석도   (잠시 생각하다) 박영사, 어제 잡아 온 그놈 어디 있어?

박영사   예? 아니, 형님…

난감해하는 박영사의 어깨를 잡는 마석도.

#48. ——— 호찌민, 병실 복도, 12호 병실 앞(내부/ 밤)

베트남 형사 두 명이 의자에 앉아 신문을 보고 있다. 박영사가 다급하게
뛰어온다.

#49. ——— 호찌민, 12호 병실(내부/ 밤)

수갑으로 침대에 묶인 채 얼굴에 붕대를 감고 누워 있는 두익이 병실 밖
소리에 눈을 뜬다.

박영사   (영어) 도와주세요. 추방 대기 중인 한국 형사들이 지금 도망치려고
합니다. 혼자서는 감당이 안 돼요.

창문 밖으로 박영사와 베트남 형사가 사라지면, 쓰윽 등장하는 거대한
마석도의 실루엣. 두익이 인기척에 고개를 들면, 마석도가 문을 열고
들어온다. 두익이 흠칫 놀라는데,

마석도   강해상이 어딨어?

두 익   …

마석도   여덟 명이 죽었는데, 니 혼자 다 뒤집어쓸래?

두 익	(눈동자가 흔들린다)
마석도	너 가만 냅두면, 여기서 사형이야. 강해상이 어딨는지 얘기하면 내가 책임지고 송환 신청해줄게.
두 익	(불안하고 초조한 눈빛으로 마석도를 바라본다)

#50. ——— 호찌민, 전일만의 병실(내부/ 밤)

병실에 들이닥친 베트남 공안들. 전일만이 칼까지 맞았는데 이대로 돌아갈 수는 없다고 난리를 치며 방방 뜬다. 같은 경찰끼리 이래도 되는 거냐고 배를 내밀어 부딪치며, 거의 진상처럼 날뛰는 전일만. 박영사와 트란 형사, 베트남 공안들은 이러지도 못하고 저러지도 못하고 난처한데, 갑자기 문이 열리고 마석도가 들어서며,

박영사	(영어) 수갑은 채우지 맙시다! 부탁드립니다.
트란 형사	(영어) 현 시간부로 당신들을 베트남에서 추방시킵니다. 우리 정부 허가 없이는 다시 들어올 수 없습니다. (베트남어) 공항으로 바로 이송해!
전일만	(공안들이 다가오자) 지금 뭐 하는 짓이야! 이거 놔! 이런… 씨…
마석도	반장! 아니야, 아니야. 그러지 마. 법을 지켜야 돼.
전일만	야! 너 왜 그래 갑자기?
마석도	우리가 경찰인데 이러면 안 돼. 추방이 맞아.
전일만	야! 강해상 어떡하고?
마석도	(공안들에게) 오케이, 오케이, 빨리. 코리아. 스피드.

박영사와 전일만은 '얘가 왜 이러지?' 하는 표정으로 쳐다본다.

박영사   (트란에게) (영어) 지금 바로 공항 간답니다.

#51. ─────── 호찌민, 터미널 옆 골목 내 화장실(내부/ 밤)

어두운 골목 끝, 버스 출발 안내 방송이 멀리 들린다. 화장실에서 거울을 보는
강해상.

#52. ─────── 인천국제공항 주차장(외부/ 낮)

양손과 어깨에 붕대를 감은 전일만과 마석도, 수갑 찬 유종훈을 앞세우고
걷는다. 오동균과 금천서의 지원 형사 1, 2가 반대편에서 등장해서 유종훈을
인계한다.

오동균   행님! (다가와서 전일만에게) 아이고, 반장님. 어쩝니까, 이거?
전일만   야, 두 명이 마체테를 들고 나 한 명한테 덤비는데. 내가 아니었으면…
마석도   (말 끊으며) 들어가서 쉬어.
전일만   들어가 쉬… 야, 쉬긴 뭘 쉬어? 윗분들한테 일일이 보고해야지.
          반장이라는 직책이…
마석도   (말 끊으며) 가자. 시간 없어.

마석도와 오동균이 쌩 가버리고, 전일만이 발로 캐리어를 밀며 공허하게
외친다.

전일만   변동 사항 있으면 바로바로 보고하고, 알겠지?

#53. ─────── 오동균의 SUV(내부/ 낮)

오동균이 운전하는 SUV가 도로를 달린다. 조수석에는 마석도가 앉아 있다.

> 오동균　홍석이가 지금 막둥이 데리고 밀항선 다닐 만한 서해 쪽 항구들 훑고
> 있는데, 이게 범위가 너무 넓어가꼬…
> 마석도　지금 인원 보충이 안 된다니까, 그냥 발로 뛰어다녀야 돼.
> 오동균　들어오는 건 확실하겠죠? 행님.
> 마석도　확실해! 야, 반장 진짜 죽을 뻔했어. 생각하니깐 또 열 받네.
> 씨박새끼…
> 오동균　씨박새끼 들어오기만 해라… 경찰을 쏴서?
> 마석도　딱 '한 번'만 더 만나자.

#54. ─────── 장이수의 직업소개소 앞(외부/ 낮)

오동균의 SUV가 인천 차이나타운으로 들어서더니 직업소개소 앞에 멈춘다.
차에서 내려 직업소개소로 향하는 마석도와 오동균 앞으로, 중국집 배달
오토바이가 멈춘다.

#55. ─────── 장이수의 직업소개소(내부/ 낮)

사무실에서 누군가와 통화하는 장이수. 문이 열리며 "짜장면 배달이요~" 하며
철가방을 든 중국집 배달원이 들어온다.

> 장이수　(돌아보지도 않고) 거기다 놔라, 그냥. 아, 이번 한 번만 좀 믿어주쇼!

저번에 도망간 애들은 내 보낸 애들이 아니라니깐? 이번에는 제대로
할 테니깐… 잔금은 좀 보내주쇼, 사장님. 내 좀… 사장님! 사장님!
(전화 끊어지자) 에이 씨베…

장이수가 전화를 끊고 뒤돌아보자 의자에 앉아 있는 마석도와 오동균!
장이수는 갑자기 마석도를 못 본 척하며 밖으로 걸어나간다.

마석도   사무실 다 뿌신다?

장이수   에이 씨. (다시 들어오며) 내 여기 있는 거 어떻게 알았슴까?

오동균   내비게이션이라고 새로 나온 거 아나? 거 치면 다 나온다.

장이수   (한숨을 팍 쉰다)

마석도   앉아, 이 불법체류자야.

장이수   합법된 지가 언젠데… 난 이제 합법적인 일밖에 아이 함다.

오동균   지랄하네. 밀항한 놈들 돈 받고 일자리 주는 기 합법이가?

마석도   너 중국에서 한국 들어오는 밀항선 루트 좀 따와봐.

장이수   하… 내 손 뗀 지 오래됐다니까.

마석도   쓰읍. 너 오랜만에… (손바닥 펴며) 들어와.

장이수   이보쇼! 내 옛날에 장이수가 아이다!

마석도   하나… 둘…

장이수   (들어가며) 이제는 나한테 이라믄 나도 가만 안 있지비!

장이수가 가랑이를 벌리고 들어오자, 마석도가 낭심을 꽉 잡는다.

장이수   아아아악!

장이수가 마석도 눈치를 보며 누군가와 통화 중이다.

장이수   어, 어… 그러이까 어제오늘 사이에 들어온 게 있냐구… 그렇지.

          (사이) 아 그러야? (사이) 알았다. 끊어라.

마석도   누구야?

장이수   (명함을 들고 흔들며) 별명이 애꾸 선장이라고, 중국 밀항은 이 양바이

          꽉 잡고 있슴다.

마석도   그래서?

장이수   오늘 새벽에 궁평항으로 배 들어온 게 하나 있다는데…

마석도   그래? (오동균에게) 홍석이 전화해.

오동균   (통화하며) 홍석아, 어데고? 그 말고 궁평항 근처 CCTV 싹 다 걷어

          온나.

마석도   또?

장이수   없슴다. 아니 갑자기 찾아와 가지고, 또 못살게 구네.

마석도   (일어나 나가며) 시끄러. 야, 전화 잘 받아.

#56. ──── 금천서 컨테이너 사무실(내부/ 밤)

마석도, 오동균, 강홍석, 김상훈이 컴퓨터를 하나씩 붙잡고 앉아 있다. 두 눈을
크게 뜨고, CD를 바꿔가며, 항구와 항구 주변에 녹화된 CCTV 화면을 훑는다.
김상훈이 뭔가 발견한다.

김상훈   어?

김상훈의 모니터 앞에 모여든 마석도, 오동균, 강홍석. CCTV 화면을
재생시키는 김상훈. 새벽 시간대 궁평항 주차장을 찍은 화면이다. 피시테일
파카에 야구 모자를 쓴 남자가 흰색 소나타를 몰아 주차장을 빠져나간다.
항구 도로를 달리는 흰색 소나타가 카메라 앞으로 다가온다. 카메라 앞을
지나는 순간 화면을 멈추면, 강해상의 얼굴과 차 넘버가 선명하게 보인다.
○○사 ○○○○.

    마석도   어, 이 새끼야. 차량부터 수배 때려.

#57. ───── 오래된 선박 항구 앞(외부)/ 고급 승용차(내부/ 밤)

박실장이 선박에서 내려 최춘백의 차로 다가온다. 조수석에 타며 최춘백에게,

    박실장   회장님, 강해상이가 한국에 들어온 것 같습니다.
    최춘백   선수들 새로 섭외해라. 밖에서 데려오고, 일단 두 장 주고 그 새끼
                잡아서 내 앞에 끌고 오면 두 장 더 준다 그래. 시체라도 상관없다.
    박실장   알겠습니다.

#58. ───── 인천국제공항 도로(외부/ 낮)

인천국제공항 활주로로 착륙하는 필리핀 에어라인 여객기. 인천국제공항
전경.

[CUT TO] 입국 심사대
생소한 얼굴 장기철의 필리핀 여권이 화면 가득 보인다. 여권에 도장이 찍히면

장기철이 내려다보고 있는 모습이 보인다. 장기철이 빠지면 장순철이 들어와 서며 내려다본다.

[CUT TO] 공항 앞 도로

공항을 빠져나가는 택시 안. 뒷좌석에 탑승해 있는 장기철, 장순철 형제.

> 택시 기사 (V.O) 멀리서 오셨나봐요?

아무런 말이 없는 장씨 형제. 택시 기사가 룸미러를 힐끔거린다. 장순철이 차 문을 열고 담배를 꺼내 핀다.

> 택시 기사 (V.O) 올해부터 실내 금연입니다.

택시 기사의 말에 아무런 대꾸도 하지 않고 창문을 닫는 장순철이 담배를 택시 바닥에 떨어뜨리고 발로 밟는다.

#59. ─── 금천서 회의실(내부/ 낮)

마석도와 전일만이 들어오면 간부 두 명이 일어나 회의실을 나간다. 서장이 보고서를 흔들며,

> 서 장   야, 마석도! 조용히 갔다 오라니까 아주 동네방네 소문 다 내고
>   왔더라? 자꾸 일부러 일 키우는 거지? 나 말려 죽일라구?
>
> 마석도   내가 무슨 일을 키워요. 범인 잡을라다 그런 거지…
>
> 서 장   거기서 왜 범인을 잡으러 다니냐고? 그 나라에도 경찰이 있는데, 왜

	니가 딴 나라에서 애들을 패고 사고를 치냐.
전일만	근데 형님, 외사과로 넘기겠다는 건 무슨 얘기예요?
서 장	이게 외국에서 일어난 일이라 외사과가 하는 게 맞는 거야, 인마.
마석도	우리가 CCTV 다 확인해서 자료 수집하고 이제 마무리 단곈데, 그걸
	넘기면 어떡해요?
서 장	나도 힘없어, 이번엔. 자꾸 나한테 말해봐야 소용없다.
마석도	(전일만에게 눈치를 준다)
전일만	우리 서장님 보고서를 꼼꼼하게 안 읽어보셨네…
마석도	어쩐지…
서 장	뭔 소리야?
전일만	지금 베트남에서 시신 나온 게, 전부 네 구예요. 필리핀이랑
	캄보디아에서 일어난 한국인 납치 실종 사건들 중에서 강해상이가 한
	거로 추정되는 게 또 네 건. 이 새끼 역대급이에요.
서 장	그래서 외사과에 넘기자는 거 아니야?
전일만	그것만 있으면 외사과에 넘기는 게 맞지.
서 장	뭐가 또 있어?
마석도	진짜 안 읽었네.
전일만	최용기 아버지가 지 아들 죽였다고 돈 주고 조폭들 사서 강해상
	패거리들 다 죽이려고 한 거예요. 근데 강해상이 그놈들까지 죽이고
	최춘백한테 찾아온 거라니까요? 나타나면 최춘백이 가만히 안 있을
	거예요.
마석도	골 때리죠?
서 장	골 때리네.
전일만	최춘백이 조폭들 바로 풀고, 서울 시내 피바다 되고.
마석도	테레비 나오는 거지.

전일만	방송 타면 우리 다 죽는 거예요. 특히 형님이 세게 죽죠. 책임자니까…
서 장	(움찔하며 다시 보고서를 펼친다) 보고서에 그렇게 써 있어? 일이 그렇게 커진다고?
전일만	보고서를 꼼꼼하게 읽어보시라니까요, 형님.
서 장	에이 씨… 내가 막을 수 있는 건 일주일이야. 일주일 안에 결판내.

#60. ──── 장례식장 특실 빈소(내부/ 낮)

마석도와 강홍석, 김상훈이 최용기의 영정에 분향하고, 묵념한다. 옆에서 이를 지켜보는 40대 후반의 여자, 최춘백 아내 김인숙. 슬픔에 젖었지만 강단이 있는 얼굴이다.

[CUT TO]
마석도와 형사들이 김인숙과 맞절을 하려는데, 마석도에게 악수를 청하는 김인숙. 마석도는 잠시 멈칫하고, 김인숙과 악수한다.

김인숙	우리 용기 데려와주신 형사님이시죠?
마석도	아, 예…
김인숙	고맙습니다. 식사 꼭 하고 가세요.

#61. ──── 장례식장 특실 접객실(내부/ 낮)

마석도와 강홍석, 김상훈이 테이블에 앉아 식사한다.

마석도	최춘백이랑 나이 차이가 좀 있지?

| 강홍석 | 재혼입니다. 사별한 첫 번째 부인 사이에는 자식이 없었고, 최용기가 유일한 혈육이었답니다. |
| 마석도 | 선수들 보낼 만하네. |

고개를 들어 주위를 둘러보는 마석도. 살벌한 분위기를 풍기며 주위를 경계하는 조폭들 때문에 일반 문상객들이 위화감을 느낀다.

| 마석도 | 깡패들 존나게 모였네. |
| 강홍석 | 그러게요. |

김상훈이 머릿고기 접시를 싹 비우자 마석도는 근처에 폼을 잡고 서 있는 조폭 1에게,

마석도	야, 너. 여기 머릿고기 좀 더 가져와.
조폭 1	(눈을 부라리며) 뭐야?
마석도	(인상을 쓰며) 나야. 너 머릿고기 되기 전에 빨리 갖고 와.
조폭 1	(찔끔하며) 네, 형님.

조폭 1, 찍소리 못 하고 머릿고기를 가지러 간다. 그사이 다가온 박실장. 마석도에게,

| 박실장 | 형사님, 저희 회장님께서 뵙자고 하십니다. |

마석도가 일어나 박실장과 나간다.

#62. ——— 장례식장 옥상(외부/ 낮)

마석도가 최춘백을 만난다. 옆에 서 있는 박실장.

최춘백 제 아들 찾아주셔서 고맙습니다. (돈 봉투를 내밀며) 밑에 직원들
          데리고 식사나 하세요.

마석도, 돈 봉투를 말없이 받더니 옆에 있는 박실장을 부른다.

마석도 어이.

박실장이 쳐다보자, 돈 봉투를 토스하는 마석도. 박실장이 반사적으로 받자,

마석도 너 그걸로 바나나 우유 사 먹고, 어른들 얘기하니까 저기 찌그러져
          있어.

최춘백이 눈짓하자 저쪽으로 물러나는 박실장. 최춘백은 인상을 구긴다.

마석도 강해상 죽일라고 베트남에 선수들 보내셨죠? 뭐 심정은 이해하는데,
          살인 교사는 살인이랑 동급입니다. 아십니까?
최춘백 (미소 지으며) 증거 있습니까?
마석도 강해상이 한국 들어온 거 아시죠?
최춘백 (말문이 막힌다)
마석도 깡패들 계속 모아봤자 해결 안 됩니다. 더 이상 문제 일으키지 마시고
          경찰의 도움을 받으세요.

최춘백	경찰의 도움? 내 일은 내가 알아서 할 테니 가서 일 보세요, 형사님.
마석도	경고했습니다. (나가다 멈춰) 아, 외국 나가지 마세요. 벌은 받아야 되니까.

마석도는 자리 뜨고 최춘백의 굳은 얼굴.

#63. ——— 장례식장 야외 주차장(외부/ 낮)

나란히 주차된 강홍석의 SUV와 김상훈의 i30. 강홍석과 김상훈이 이야기 중이다.

강홍석	너 할부금 몇 년 끊었어?
김상훈	36개월이요. 30개월 남았습니다.
강홍석	(어깨 쓰다듬으며) 차 아껴 타라. 나도 얼마나 차를 아껴 타는데.
마석도	(다가와 강홍석 차를 퉁퉁 치며) 야, 니 차 좀 쓰자.
강홍석	제 차요?
마석도	동균이가 일산에서 강해상 차를 찾았다니깐, 내가 갔다 올게.
강홍석	같이 가시죠. 제가 운전할게요.
마석도	됐어. 너는 여기서 최춘백 감시 잘하고. 막둥이는 CCTV 꼼꼼하게 보고.
강홍석	막둥아 니 차 키 드려.
마석도	니 거 줘 인마.

강홍석의 SUV를 몰고 주차장을 빠져나가는 마석도.

#64. ——— 장례식장 지하 1층 주차장(내부/ 낮)

창문이 짙게 선팅된 승합차 한 대가 주차장으로 들어선다. 잠시 후 근조
화환을 실은 소형 트럭이 주차장으로 들어서고 한쪽 구석에 주차한다.
장기철과 장순철이 운전석과 조수석에 앉아 있다. 두 사람은 마치 마네킹처럼
미동도 없다.

#65. ——— 일산 ○○동 들판(외부/ 낮)

'○○사 ○○○○' 흰색 소나타가 세워져 있다. 오동균이 지켜보는 가운데,
감식반이 차를 살핀다. 마석도가 도착한다. 마석도가 차에서 내려 오동균에게
다가간다.

> **마석도**   뭐 좀 나온 거 있어?
>
> **오동균**   아, 이 새끼 꼼꼼하네. 버리기 전에 깔끔하게 정리를 해갖고 뭐 나오는
>   게 별로 없네예… 근처에 CCTV도 없고 이거 애 좀 먹겠는데요?

마석도가 주변을 둘러보고 막막해하며 한숨을 내쉰다.

#66. ——— 장례식장 특실 빈소(내부/ 밤)

사람들이 뜸해진 빈소. 김인숙과 최춘백이 의자에 앉아 있다. 냉랭한 분위기가
감돈다. 박실장이 들어와 최춘백에게 귓속말을 한다.

> **최춘백**   지하 주차장에서 보자 그래.

박실장이 김인숙에게 인사하고 나간다.

김인숙   이번엔 또 뭔 일을 꾸미는 거야?

최춘백   알 거 없어.

김인숙   내가 처음부터 얘기했지? 경찰한테 맡기라고…

최춘백   (말을 끊고 돌아서며) 왜 자꾸 경찰 타령이야? 당신은 그냥 조용히
         있어.

김인숙   (최춘백을 노려보며) 지금 용기 상중이야.

최춘백   (말문이 막히자 고개를 돌리며)

김인숙   당신이 이럴수록 괜히 일만 복잡해져.

최춘백   (갑자기) 그럼 용기 죽인 새끼들을 가만히 냅두자고?!

이번에는 김인숙의 말문이 막힌다. 최춘백이 나가자, 김인숙은 입술을 씹는다.

#67. ────── 장례식장 복도(내부/ 밤)

최춘백과 박실장이 복도를 걸어간다.

최춘백   중국 삼합회 주회장 애들이라고?

박실장   예. 확실한 놈들입니다.

최춘백   이번에도 실패하면 너네들부터 다 죽는 거야.

엘리베이터 앞에 다다르자 박실장이 핸드폰을 든다.

박실장   회장님 내려가신다. 준비하고 있어.

엘리베이터가 도착하고 탑승한다. 최춘백과 박실장. 문이 닫히려는 순간
엘리베이터를 잡는 강해상. 한 손으로 통화를 하며 엘리베이터에 함께
탑승한다.

  강해상   어, 나 지금 내려가.

강해상이 핸드폰을 끊는다.

#68. ──── 지하 주차장(내부/ 밤)

근조 화환 트럭 문이 열리고 장기철과 장순철이 내린다. 엘리베이터로
향하다가, 무심코 한쪽에 주차된 승합차를 바라본다. 승합차 안에서 네 명의
중국인 킬러들이 햄버거를 먹고 있다. 장씨 형제가 승합차 안을 매서운 눈으로
바라보며 그쪽으로 다가간다.

  장기철   어? 잠깐만.
  장순철   오…

[CUT TO] 승합차 안

  킬러 1   (중국어) 회장님한테 인사 잘하고. 우린 강해상이라는 놈만 죽이면
            되는 거야.
  킬러 2   (중국어) 한 놈이면 금방 끝나겠네.

갑자기 승합차 옆문을 여는 장기철, 대검을 꺼내 들고 서서 아무 말 없이

킬러들을 바라본다. 킬러들, 순간 정적이 흐르며 칼을 꺼내려는 찰나,
장기철의 난도질이 시작된다. 반대쪽 문이 열리고 장순철도 합세한다. 이미
두 명의 킬러들은 반격도 제대로 하지 못한 채 피를 흘리며 쓰러졌고 나머지
두 명의 킬러들은 차에서 튀어나와 뒤로 빠진다. 장씨 형제, 대검을 들고
쫓아간다.

　　　　장기철　　쯩국 애들이네?

장씨 형제의 무자비한 칼질에 킬러들이 피를 쏟으며 쓰러진다.

#69. ──── 장례식장 엘리베이터(내부/ 밤)

지하 주차장으로 내려가는 엘리베이터. 최춘백과 박실장 앞에 서 있는 강해상.
최춘백의 눈에 들어오는 강해상 손의 문신. 최춘백이 예리한 눈으로 강해상을
훑어보는데,

　　　　강해상　　(슥 돌아보며) 용기가 아빠를 안 닮았네… 강해상입니다.
　　　　최춘백　　이 새끼!

강해상이 칼을 빼들어 최춘백을 찌르려는데 박실장이 한 손으로 강해상의
손목을 잡고 다른 한 손으로는 멱살을 잡아 들어 올린다. 칼을 놓치는 강해상.
강해상의 목을 점점 조르는 박실장. 이때 뒤에 서 있던 최춘백이 떨어진 칼을
주어 강해상을 찌르려는데, 강해상이 발로 최춘백을 차 쓰러뜨리고 두 다리로
박실장의 몸을 감는다. 박실장이 엘리베이터 벽에 강해상을 쿵쿵 찍는다.
왼손이 자유로워진 강해상이 허리에 숨겨놓은 칼을 꺼내 박실장의 목을

사정없이 찌른다. 거구의 박실장이 피를 뿜으며 쓰러진다.

[CUT TO] 지하 엘리베이터 앞
엘리베이터가 지하 1층에 도착하고, (땡!) 소리와 함께 문이 열리며 강해상이
최춘백의 목에 칼을 대고 걸어 나온다. 시체가 된 킬러들이 보이고, 그 옆에서
물수건으로 피를 닦고 있는 장씨 형제. 기가 질린 최춘백. 장씨 형제가
강해상을 보고 다가오며,

  장기철   (시신들을 가리키며) 이거 돈 더 줘야 돼.
  강해상   너네 저녁 먹었냐?

#70. ──────── 장례식장 관리실(내부/ 밤)

두 개의 모니터에 뜬 CCTV 분할 화면을 보고 있는 김상훈. 최춘백의 목에
칼을 대고 억지로 검은색 에쿠스 트렁크에 태우는 강해상과 장씨 형제를 발견!
놀란 김상훈은 지하 1층 주차장 카메라라는 걸 확인한 후, 다급하게 뛰어가며
무전을 한다.

  김상훈   (흥분한 목소리로) 홍석이 형!

#71. ──────── 장례식장 1층 로비(내부/ 밤)

김상훈의 무전을 들으며 달리는 강홍석.

  김상훈   (V.O) 지하 1층이요!

강홍석이 주차장 출입구 쪽으로 달린다. 엘리베이터 문이 열리자 비명을
지르는 사람들. 박실장의 시체가 보인다. 강홍석은 로비 출입문을 박차고 나가
주차장 쪽으로 뛴다.

#72. ──── 장례식장 지하 1층 주차장/ 출입구(내부/ 밤)

지하 1층 주차장으로 뛰어들어오는 김상훈, 출입구 쪽으로 달리는 에쿠스를
발견하고 뒤쫓아 뛴다. 정신없이 뒤쫓는 김상훈 옆으로 빠르게 지나가는
에쿠스. 김상훈은 "어어!" 하면서 계속 쫓아간다.

[CUT TO] 외부 주차장 출입구
램프를 올라가 출입구로 돌진하는 에쿠스. 이를 발견한 강홍석이 주차장으로
뛰어오며 삼단봉을 빼들고 "멈춰!" 하며, 에쿠스 앞 유리창을 삼단봉으로
때린다. 에쿠스는 그대로 돌진하고, 강홍석은 넘어진다. 빠르게 주차장을
빠져나가는 에쿠스. 경사로를 뛰어 올라온 김상훈이 숨을 몰아쉰다. 김상훈은
강홍석이 일어나는 것을 도와주며,

    김상훈   (헐떡거리며) 형님 괜찮으세요?

    강홍석   차 넘버 봤어?

    김상훈   (가쁜 숨을 몰아쉬며 고개를 끄덕인다)

#73. ──── 폐공장(내부/ 밤)

엉망이 된 얼굴로 재갈을 물고 의자에 묶여 있는 최춘백. 뒤쪽 벽 전체에
꽃무늬가 프린트된 천이 붙어 있다. 옆에는 장씨 형제와 강해상이 치킨을 먹고

있다.

> **강해상**　내가 얼마나 열심히 일해서 번 돈인데… 그렇게 뺏어가시면
> 어떡합니까?
>
> **최춘백**　끄으윽… 용기 왜 죽였냐?
>
> **강해상**　다른 이유가 있나요? 돈 때문이지. 다 알 만하신 분이… 자 이렇게
> 하십시다. 원금 9억에 차비, 수고비, 이자 이것저것 다 해서 딱 20억
> 주세요.
>
> **최춘백**　…

[CUT TO] 비디오 화면으로 전환

최춘백은 의자 손잡이에 손이 결박된 채 묶여 있다. 장순철이 최춘백의 어깨를
못 움직이게 압박하고, 장기철은 카메라를 들고 찍고 있다. 강해상이 도끼를
꺼내 들더니, 최춘백의 오른손 엄지손가락을 자른다. (턱!) 잘려나가는
손가락.

> **최춘백**　으악!

얼굴은 보이지 않는 강해상이 잘린 엄지손가락을 카메라 앞으로 들어 보이며,

> **강해상**　사모님, 남편 살리고 싶으면 내일까지 20억 준비하세요. 계좌 번호는
> 내일 오후에 보내드릴게요. 핸드폰 켜두세요.

#74. ──── 금천서 컨테이너 사무실(내부/ 아침)

동영상을 확인한 형사들과 마석도는 심각한 얼굴이다. 김인숙이 한쪽에 앉아 있다.

마석도   이거 언제 받으셨어요?

김인숙   어젯밤 집에서 퀵으로 받았어요.

전일만   (강홍석에게 자료를 받으며) 어, 여기 나왔네. 장기철, 장순철이… 청부 살인에, 특수 강도, 화려하다 화려해.

강홍석   한국에서 수배받고 필리핀으로 도주했었습니다. 한국인 살인 사건으로 인터폴도 쫓고 있더라구요. 동선 보니까 필리핀에서 강해상이랑 6개월 정도 행적이 겹칩니다.

마석도   (화면을 계속 보며) 이거 폐공장 같은데?

오동균   차 발견된 곳 근처에는 공장들이 없었는데…

마석도   동균아, 일단 지원이 없으니까 일산에 넘어가서 근처 파출소에 있는 순경들 몇 명 데리고 더 뒤져봐.

오동균   알겠습니다.

전일만   (작게 속삭이며) 야, 우리끼리 괜찮을까? 그러다가 잘못되면 어떡할라 그래?

마석도   지금 시간 없어.

김인숙   용기나 애 아빠나 죄는 많지만 제 가족이에요. 어떻게 해서든 그놈 잡아주세요. (마석도를 보며) 내가 어떻게 하면 되죠?

#75. ———— 폐공장(내부/ 낮)

휑한 공장 내부. 강해상이 테이블에 앉아 눈을 감고 뭔가 생각 중이다. 최춘백은 보이지 않는다. 장기철과 장순철이 의자를 들고 다가와 강해상을

둘러싸듯이 앉으며,

장기철   할 얘기가 있잖아, 우리.

장순철   돈 받으면 어떻게 나눌 거야?

강해상   7 대 3.

장기철   (당연하다는 듯이) 우리가 7?

강해상   (분위기를 바꾸며) 말이 되는 소릴 해. 내가 7.

장순철   (일어나며) 아니, 씨발, 우리는 둘이잖아.

장기철   하… (장순철을 제지하며) 좋아. 6 대 4. 우리가 6, 니가 4. 우린 둘로
          나누면 3이니까 그래도 니가 많이 먹는 거야.

강해상   (타협은 없다는 듯이) 7 대 3.

장기철   (나도 마찬가지야) 6 대 4.

강해상   (그럼 누구 하난 죽어야지) 여기서 끝낼까?

장순철   (받아, 이 새끼야!) 우리가 6!

장기철   (아니면 너 죽는다) 아니면 끝내.

강해상   (아니, 니가 죽어) …

살기로 번뜩이는 장씨 형제의 눈. 강해상은 불리하다는 계산이 서자,

강해상   (씩 웃으며) 그러다 진짜 칼 꺼내겠는데? 알았어, 알았어, 오케이. 6대
          4. 됐지? (사이) 대신 내 작전대로 하는 거야.

강해상을 보며 서로 만족의 눈짓을 보내는 장씨 형제, 강해상을 비웃는다.

마석도, 전일만, 김인숙이 테이블 앞에 앉아 있다. 한쪽에 따로 자리를 잡은
오동균, 강홍석, 김상훈이 감청 장치에 김인숙의 핸드폰을 연결하고 점검한다.

> 마석도　입금은 안 됩니다. 해외 계좌로 빼버리면 추적 불가능이고, 남편분
> 　　　　안전도 보장이 안 되거든요.
> 전일만　맞교환으로 바꿔야 되는데, 사모님께서 유도를 해주셔야 됩니다.
> 　　　　저희가 중간에 방향을 잡아드리겠습니다. 부담드려서 죄송한데…
> 김인숙　죄송할 거 없어요. 다른 방법이 없잖아요.

김인숙의 핸드폰이 울린다. 마석도와 전일만, 팀원들이 재빨리 헤드폰을 쓴다.

> 마석도　(김인숙에게) 받으세요.

김인숙은 크게 심호흡을 두 번 하고 핸드폰을 받는다.

> 김인숙　여보세요?

#77. ──────── 폐공장 옥상(외부)/ 컨테이너 사무실(내부/ 낮)

납치 때 사용한 에쿠스 옆에서 전화하는 강해상.

> 강해상　어머님, 안녕하세요? 저 강해상입니다. 걱정 많으시죠? 시키는
> 　　　　대로만 하시면 별일 없을 거니깐 너무 걱정 마시고, 돈은 준비되셨죠?

계좌 번호 지금 찍어드릴게요.

김인숙   너 바보니? 내가 왜 너한테 700억을 쏴?

강해상   예?

김인숙의 태도에 깜짝 놀라는 팀원들. 전일만은 김인숙에게 진정하라고 손을 들지만, 마석도가 제지한다.

김인숙   너, 내가 돈을 보냈는데도 내 아들 죽였어. 이번에도 니가 내 남편
         죽일지 살릴지 알 수가 없는데 내가 돈을 왜 보내?

강해상   이 아줌마가 미쳤나… 안 보내면 남편이 죽어.

김인숙   그래주면 나는 고맙지.

강해상   뭐?

김인숙   야, 니가 내 아들 죽였지, 남편까지 죽이면 그 돈 다 어디로 가겠니?

강해상   …

김인숙   너 어차피 해외로 튈 거지? 내가 200만 달러로 정확하게 맞춰줄게.
         남편이랑 맞교환해. 남편 살아 있는 것만 확인되면 바로 준다.

강해상   아줌마는 시원해서 좋네. 오케이. 200만 달러는 캐리어에 담아서
         가져오시고, 추적 장치 심거나, 이상한 장난치면 다 같이 뒤지는 거야.
         내일 낮 1시까지 일산 구룡사거리 앞으로 아줌마 혼자 차 몰고 와.

마석도가 종이에 무언가 써서 김인숙에게 보여준다. '운전수 한 명'. 김인숙이 보더니 바로,

김인숙   나는 운전을 못 해. 운전수 한 사람 있어야 돼. 싫으면 관두고…

강해상   (어이없다) 허… 알았어. 그럼 운전수 딱 한 명. 우리 잘해서 남편

살림…

김인숙이 전화를 끊어버리자 황당한 강해상.

강해상　　이 집안은 전화 예절이 없네.

[CUT TO] 금천서 컨테이너

형사들이 갑자기 전화를 끊은 김인숙의 예상치 못한 행동에 놀란다. 물 한잔
달라는 김인숙. 번개같이 움직이는 강홍석과 김상훈. 김인숙을 바라보는
마석도를 뒤에서 부르는 전일만.

전일만　　석도야, 운전기사는 우리 애들 붙여야지?
마석도　　안 돼. 냄새 맡을 거야.
전일만　　그럼 누굴 붙여? 어설픈 놈 붙였다가 잘못되면 큰난다.
마석도　　…

#78. ──── 오래된 선박의 선장실(내부)/ 폐공장(낮)

항구에 정박해 있는 오래된 선박의 선장실. 두 명의 덩치들이 드나든다.
의자에 거만한 자세로 앉은 애꾸 선장, 장순철과 통화한다.

애 꾸　　배 탈라고? 언제?
장순철　　내일.

은색 그랜저 보조석에 앉은 장순철이 강해상에게 명함을 건넨다. 장기철은

146

번호판을 갈고 있다. 강해상은 애꾸 선장의 명함을 유심히 들여다본다.
'백령호 선장'.

애 꾸	내일? 갑자기? 그렇게 안 되지. 돈을 좀 더 내면 몰라도.
장순철	따블로 드릴게.
애 꾸	몇 시에 몇 명?
장순철	새벽 1시. 세 명.
애 꾸	1시, 세 명. 현찰에 따블이야. 카드로 되냐 이 지랄하면 안 돼.
장순철	오케이.

장순철이 핸드폰을 끊자, 명함을 든 강해상이 묻는다.

강해상	확실한 놈이야?
장기철	조용히 중국 넘어가려면 이 인간을 꼭 통해야 돼.

#79. ──── 장이수 직업소개소(내부/ 오후)

외국인 여성 두 명이 소파에 앉아 긴장한 표정으로 차를 마시고 있다.
장이수가 밖을 살펴보고 문을 잠근다. 테이블 앞으로 가 보드판을 짚어가며
장이수가 썰을 푼다.

장이수	일단, 혼인신고부터 하오. 3, 4년 살 필요 없고, 딱 3개월만 살면 돼. 내 취업 서류 잘 꾸며서 영주권 바로 나오게 해주겠소. 남편 정리는 내가 A/S 해주고 착수금 천에 영주권 나오면 2천.

하는데, (우당탕!) 마석도가 뜯겨진 문손잡이를 들고 문을 거의 부수듯이
들어와 소리친다.

　　　　마석도　　왜 전화를 안 받아, 새끼야. 사람 찾아오게 만들고. 죽을래?

깜짝 놀라며, 보드를 손으로 쓸어 증거를 없애려는 장이수. 겁먹고 몸을
숨기는 외국인 여성 둘.

　　　　장이수　　아 깜짝이야, 어째, 또. 장사도 아이 돼서 죽겠는데.
　　　　마석도　　불법체류의 달인. 따라와. 너 운전 좀 해야 돼.

#80. ───── 폐공장(내부/ 낮)

강해상이 일산 지도를 펼쳐놓고 장씨 형제에게 설명한다.

　　　　강해상　　우리 있는 데가 여기. 이쪽 일산 시내에서 돌다가 여기로 데려와서
　　　　　　　　　아줌마 제끼고, 돈 챙겨서 배 타러 가면 돼.
　　　　장순철　　근데, 왜 우리만 가?
　　　　강해상　　(단정 지어 지시하듯이) 얼굴 덜 팔린 니들이 가서 확인해야 될 거
　　　　　　　　　아냐.
　　　　장순철　　경찰 붙으면?
　　　　강해상　　계획대로만 해. 내가 알아서 할 테니까.
　　　　장기철　　(강해상을 쏴붙이며) 너 잔대가리 쓰는 거 아니야? 우리 제끼고 혼자
　　　　　　　　　먹을라고?
　　　　강해상　　돈은 니들이 쫓아다닐 건데, 사람을 그렇게 못 믿어서 어떡하나?

장순철   (서슬 퍼런 눈으로) 너는 우리 믿어? 크크크.

강해상과 장씨 형제는 서로를 노려보다가, 속내를 감추고 서로 어색하게
웃는다.

#81. ─────── **최춘백 집 앞(외부/ 낮)**

최춘백 집 앞에 주차된 벤츠. 대문이 열리고 김인숙이 나온다. 장이수는 돈이
든 캐리어를 끌며 뒤따른다. 장이수가 뒷좌석 문을 열어주지만, 김인숙은
무시하고 앞 좌석에 탄다.

김인숙   가방은 뒷자리에 실어주세요. 내 눈에 보이게⋯

툴툴거리는 장이수. 낑낑대며 뒷자리에 캐리어를 싣다가, '내 돈이면 얼마나
좋을까?' 싶다.

#82. ─────── **최춘백 집 앞 아반떼/ 폐공장(내부/ 낮)**

차에 몸을 숨긴 장기철과 장순철, 김인숙과 장이수를 지켜본다. 장기철은
강해상과 통화 중.

[CUT TO] 폐공장
그랜저 주변을 서성거리며 통화를 하는 강해상.

강해상   어때? 짭새들 없어?

장기철	여긴 없어. 안 보여.
강해상	오케이, 방심하지 말고 짭새들 붙는지 계속 잘 살펴.
장순철	(통화가 끊어지자) 씨발, 이 새끼, 짱박혀서 이빨 존나 까네.

#83. ──── 일산 시내 도로/ 구룡사거리/ 폐공장(낮)

김인숙과 장이수가 탄 벤츠가 일산 시내를 달린다. 강홍석이 운전하는 택배 트럭과 선글라스를 낀 김상훈이 운전하는 i30가 멀찍이 따라붙는다. 장이수, 불안감을 감추며 룸미러로 뒤를 살피다가 시선이 돈 가방에 머문다.

김인숙	도와줘서 고마워요, 형사님.
장이수	(형사란 말에) …예? 아, 예. 걱정 마쇼.

[CUT TO] 구룡사거리
약속 장소에서 미리 대기하는 마석도의 위장 택시. 근처에서 전일만과 형사들도 주위를 살피고 있다. 마석도가 무전으로 지시를 내린다.

마석도	각자 위치 이상 없지? 야, 배달차! 주변 차들 잘 봐!
강홍석	(O.S) 네 알겠습니다!

마석도, 전화를 받는다. 오동균이다.

[CUT TO] 폐공장 지대
넓은 폐공장 지대로 들어서는 순찰차. 보조석에 앉은 오동균.

오동균	형님, 여 폐공장들 있긴 한데… 범위가 너무 넓어가꼬. 시간 좀
	걸리겠는데.
마석도	최대한 빨리 최춘백을 찾아야 돼. 그래야 이 새끼들 잡는디.

[CUT TO] 시내 도로

벤츠를 멀찍이 앞에 두고 달리는 강홍석, 흰색 아반떼가 눈에 들어오는데,
수상하다. 전방 신호가 걸리자 강홍석은 옆 차선으로 옮겨 아반떼 옆에 선다.
아반떼 내부를 살피는 강홍석, 자세히 본다. 장씨 형제다! 신호 바뀌고 아반떼
출발하면,

강홍석	(무전) 장씨 형제들 찾았습니다! 흰색 아반떼 ○○라 ○○○○
마석도	강해상도 있어?
강홍석	아니요. 두 놈만 있습니다. 이제 구룡사거리 진입합니다!
전일만	아, 강해상 이 새끼는 어디 있는 거야?

[CUT TO] 구룡사거리

구룡사거리로 진입하는 벤츠와 아반떼가 보인다. 강해상과 통화 중인 장기철.
사이드미러로 멀찍이 붙은 택배 차량을 유심히 보며,

| 장기철 | 구룡사거리. 200미터 앞이야. 다 와 간다. (전화 끊으며) 슬슬 |
| | 시작하자. |

장순철이 속도를 늦춰 택배 차량 뒤로 빠진다. 강홍석이 '어, 뭐야?' 하고
놀라는데,

[CUT TO] 장이수 벤츠

차에 부착된 시계가 1시를 가리키자, 김인숙의 핸드폰이 울린다. '발신자 번호 표시 제한.'

김인숙	여보세요?
강해상	(V.O) 아줌마, 시간 딱 맞춰서 도착하셨네.
김인숙	너는 어딨어?
강해상	(V.O) 이번에 유턴해.
김인숙	뭐?

사거리에서 불법 유턴하는 벤츠.

[CUT TO] 마석도 차량

맞은편에서 유턴하는 벤츠를 본 마석도. 장씨 형제의 아반떼는 택배 트럭 뒤를 따라가고 있다. 강홍석이 당황해하며 차량 속도를 줄인다.

강홍석	(O.S) 갑자기, 유턴하는데요?
마석도	야야야, 서지 말고 그냥 지나가! 이 새끼 뺑뺑이 돌린다. 내가 붙을게.

마석도의 지시로 유턴하지 않고 지나가는 택배 트럭. 지나가는 택배 트럭을 보고는 고개를 돌리는 장기철. 아반떼는 유턴한다. 직진하는 i30. 맞은편 인도 위에 정차해 있던 마석도의 위장 택시. 유턴하는 아반떼를 향해 달리고, 지켜보던 전일만의 4인용 용달차도 같이 출발한다.

마석도	(무전) 홍석이는 일단, 사거리에 대기해. 다들 정신 차려, 눈치채면

끝난다. 반장이랑 상훈이 바로 백업 준비해.

i30가 합류하기 위해 속도를 낸다. 전일만의 용달차가 마석도 뒤에 붙는다.
도심 부감, 장이수의 벤츠를 따라가는 마석도의 택시.

#84. ──── 폐공장 옥상/ 구룡사거리(낮)

폐공장 골목을 분주하게 뒤지는 오동균.

오동균   언제 다 찾아보노, 이거. (어딘가를 올려본다)

폐공장 지대가 넓게 보이는 건물 옥상에 올라온 오동균, 우측 건물 옥상에
방수포로 반쯤 덮인 채 방치된 검은색 승용차를 발견한다. 오동균은 뭔가 쎄한
기분이 든다.

[CUT TO] 폐공장 안
강해상이 폐공장에서 통화를 한다.

강해상   도착했어요? 거기서 다시 유턴해.
김인숙   (V.O) 지금 장난해? 벌써 몇 번째야?
강해상   아줌마, 찍소리 말고 빨리 가.

강해상이 창밖을 보다 뒤로 빠지면, 그 창밖에 공장 주변을 뒤지는 오동균이
보인다.

[CUT TO] 구룡사거리

다시 유턴하는 장이수의 벤츠. 벤츠 뒤를 달리던 전일만의 용달차는 직진하며, "석도야, 우리는 직진한다" 벤츠를 따라 유턴하는 아반떼 너머로 정차된 택시가 보인다. 택시 안에서 마석도가 룸미러를 보며 "이번에는 상훈이가 붙어" 무전한다. 출발하는 i30. 그 뒤에 정차된 택배 트럭. 강홍석이 무전을 날린다.

강홍석	형님, 시간 끌수록 우리가 불리합니다. 이 사거리만 벌써 네 번쨉니다. 위장 차량들 눈치채겠는데요.
전일만	석도야, 일단 두 놈부터 잡자. 잽싸게 덮치면 강해상이한테 연락하기 전에 잡을 수 있다. 최춘백이 있는 데는 두 놈 족쳐서 알아내면 되잖아.
마석도	안 돼. 일단 최춘백부터 확보해야 돼.

[CUT TO] 폐공장 옥상

오동균이 방치된 검은색 에쿠스를 둘러본다. 장례식장에서 도망친 에쿠스다. 차 문을 깨고 트렁크를 연다. 핏자국이 보인다. 오동균이 마석도에게 전화를 건다.

오동균	행님, 최춘백 납치 때 쓴 에쿠스 찾았습니다.
마석도	뭐? 최춘백은?
오동균	안 보이는데 건물 한번 뒤지보께예.
마석도	무슨 일 있으면 바로 전화해.
오동균	네, 행님. (전화를 끊는다)
마석도	(전일만에게 무전기 통신) 동균이가 에쿠스 찾았다는데, 혹시

모르니깐 반장이 좀 붙어줘!

전일만   알았어. 내가 갈게.

마석도를 뒤따라가던 전일만의 용달차가 방향을 꺾어 빠르게 달린다.

#85. ─── 폐공장(내부/ 낮)

오동균과 순경 두 명이 폐공장 안으로 들어온다. 순경 두 명은 위로 올라가고
오동균이 혼자 폐공장 안에 있는 창고로 들어간다. 납치 동영상에서 봤던
공간이다! 오동균이 공장을 뒤진다. 어두운 공장 구석에서 숨어서 이를
지켜보는 강해상. 한쪽에 쓰러져 있는 최춘백을 발견하는 오동균. 많이
다쳤지만 아직 살아 있다. 오동균이 최춘백을 부축하고 일어나 밖으로 나온다.
이때 뒤에서 다가오는 그림자. 오동균의 목을 향해 칼이 쑥 들어오는데,
반사적으로 칼을 피하는 오동균. 균형을 잃고 최춘백을 놓친다. 강해상이
오동균의 옆구리에 칼을 밀어 넣는다. 컥 하고 쓰러지는 오동균. 간신히
강해상을 뿌리치고 다음 공격을 막은 오동균, 힘겹게 반격하여 강해상의
칼을 날려버린다. 소리를 듣고 뛰어 들어오는 순경 두 명. 오동균은 아프지만
악착같이 강해상을 붙잡는다. 순경 두 명을 발견하고는 오동균을 발로 차서
떼어낸 강해상, 그랜저를 타고 공장을 빠져나간다.

[CUT TO] 폐공장 근처 도로

빠른 속력으로 비탈길을 내려오는 강해상. 잔뜩 화가 난 표정이다.
코너를 급하게 돌아 큰길로 나온 강해상의 그랜저. 바로 전일만의 용달차가
강해상의 그랜저 옆을 스쳐지나 폐공장으로 향한다. 룸미러로 그랜저를 슬쩍
쳐다보는 전일만.

[CUT TO] 폐공장 앞

공장 지대를 올라와 폐공장 앞으로 들어서는 전일만의 차. 순경 두 명이
최춘백을 순찰차 뒷좌석에 태우는 모습이 보이고, 피투성이가 된 오동균이
옆구리를 잡고 절뚝이며 걸어 나온다. 차에서 내리는 전일만을 보자 오동균은
칼 맞은 자신이 쪽팔린 듯, 버티다가 주저앉는다.

| 전일만 | (오동균을 붙잡으며) 동균아! 씨발… (마석도에게 전화를 하며, 지원 |
| | 형사들을 향해) 빨리 구급차 불러! |

[CUT TO] 마석도 택시

마석도	어!
전일만	석도야! 최춘백은 찾았는데… 동균이가 칼 맞았다!
마석도	뭐?
전일만	강해상 이 새끼가 찌르고 도망갔어!
마석도	하… 이 씨발…

급하게 출발하는 마석도의 위장 택시.

[CUT TO] 장이수 벤츠

장이수의 벤츠. 핸드폰이 울린다. 발신자는 마석도다. 스피커폰으로 전화를
받는 장이수.

| 장이수 | 예, 말하쇼. |
| 김인숙 | (사투리에 장이수를 바라본다) |

마석도	사모님, 남편분 찾았습니다. 무사하니까 걱정하지 마세요. 장이수, 니
	뒤에 하얀색 아반떼 보이냐? 거기 두 놈. 이제 잡는다.
장이수	(룸미러로 아반떼를 보며) 이 쌍놈 새끼들… (마석도에게) 어째
	잡는다고?
마석도	속도 일정하게 놓고, 신호 줄 때까지 멈추지 말고 계속 달려.
장이수	(마지못해 수긍하며) 알겠슴다.
김인숙	(전화가 끊기자) 당신 형사 아니지?

뜨끔하는 장이수.

[CUT TO]
마석도가 탄 위장 택시가 속력을 높여 앞으로 치고 나간다.

마석도	(무전) 잘 들어! 최춘백 확보됐고, 두 놈 먼저 잡는다. 강해상이 동균이
	찌르고 도망갔고, 이 두 놈 놓치면 강해상이 못 잡는다.

긴장된 얼굴로 운전하는 김상훈. 화난 표정의 강홍석, 기어를 바꿔 액셀을
밟는다. 주변 차들 사이를 비껴가며 빠르게 달리는 택배 트럭. 마석도가 "다음
사거리에서 사인 주면 그대로 막아!" 무전한다. 달리는 택배 트럭 앞으로 i30,
아반떼, 벤츠가 차례대로 보인다.

[CUT TO] 흰색 아반떼
아무것도 모르고 달리는 아반떼, 장기철의 핸드폰이 울린다. 강해상이다.

강해상	지금 어디야?

장기철	아까 ××사거리. ○○백화점 근처야.
강해상	야, 이만 접어. 여기 짭새 떴어.
장기철	뭔 소리야? 짭새? 여기는 조용한데?

운전하던 장순철이 짭새란 소리에 사이드미러를 보면, 맨 처음 본 택배 트럭이 눈에 들어온다.

강해상	○○모텔로 와. 작전 다시 짠다.
장기철	하… 아니, 우리더러 시발, 돈 따라다니라고 해놓고, 지는 가만히 공장 처박혀 있다가, 갑자기 짭새가 떴다고?
강해상	개소리 말고 빨리 돌려. 미행 안 붙게 차 버리고. 알았어?
장기철	…너 …이 개새끼 뺑끼 쓰는 거지? 야, 좆까고 우리가 다 먹을 거야. 이 개새끼야! (뚝!)

전화가 끊기자 어이없는 강해상, 화가 나 핸들을 확 꺾어 급하게 유턴한다.

#86. ──── 백화점 앞 도로/ 지하 주차장 입구/ 램프/ 지하 주차장(낮)

| 장순철 | 형, 진짜 경찰이면? |
| 장기철 | 알게 뭐야. 시발, 야, 아줌마 재껴. 받아버려! |

(부웅!) 갑자기 아반떼가 벤츠 옆으로 빠르게 붙더니 벤츠의 뒤쪽 옆구리를 들이받는다. 휘청. 충격으로 김인숙은 놀라서 소리를 지른다. 어렵게 중심을 잡은 장이수는 아반떼를 피해 액셀을 밟아 앞으로 튀어나간다.
마석도가 "저 새끼들 막아!" 지시한다. 깜짝 놀란 형사들 속력을 높여 아반떼를

쫓는다.

도로를 주행하는 차들 사이로 벤츠와 아반떼가 아슬아슬한 추격전을 펼친다.
아반떼가 속도를 높여 벤츠 앞을 마아서자 급하게 브레이크를 밟는 장이수.
장씨 형제가 내리는 모습을 보고 장이수가 벤츠를 후진해 백화점 입구로
들어가버린다. 다시 차에 올라 벤츠 뒤를 따라가는 장씨 형제.
멀리서 이 모습을 본 김상훈의 i30와 강홍석의 택배 트럭이 백화점 입구로
들어간다. i30가 지하 주차장 입구로 우회전, 강홍석의 택배 트럭이
우회전하려는데 눈앞에 지하 주차장 높이 제한 봉이 보인다. 강홍석이 급하게
브레이크를 밟아 멈춘다.

강홍석　　아… 씨…!

강홍석이 차를 버리고 지하 주차장으로 뛰어 내려간다. 뒤에서 경적을 울리는
일반 차량들. 뒤이어 도착한 마석도가 지하 주차장 입구로 들어가려는데 앞이
막혀 꼼짝을 못 한다. 차에서 내려 백화점 정문을 향해 뛰는 마석도와 지원
형사들.
회전 램프를 돌아 나와 길게 뻗은 지하 주차장 내리막길로 들어선 벤츠.
장이수가 롤러코스터를 타듯 덜컹거리며 빠르게 내려온다.
장씨 형제의 아반떼가 내리막길로 들어서자 멀리 지하 7층으로 좌회전하는
벤츠가 보인다. 아반떼가 속도를 높인다.
장이수의 벤츠가 지하 7층 주차장으로 들어와 에스컬레이터 입구 쪽으로
좌회전하는데 모닝 한 대가 옆을 스친다. 당황한 모닝이 방향을 틀어 세운다.
장씨 형제의 차가 주차장으로 들어와 핸들을 꺾다가 세워진 모닝과 충돌한다.
멈춰선 아반떼.

장순철	이런 씨발.
장기철	(차 문을 열며) 야, 내려!

[CUT TO]

지하 7층 에스컬레이터 앞. 장이수가 운전하는 벤츠가 에스컬레이터 앞에 멈춘다. 장이수와 김인숙, 급히 차에서 내린다. 김인숙의 눈에 아반떼에서 내린 장씨 형제가 차에서 내리는 모습이 보인다. 장이수는 뒷자석 문을 열고 급하게 가방을 빼보는데 가방이 의자 사이에 껴 있어 잘 빠지질 않는다. 김인숙이 장이수를 도와주려 하는데, 장씨 형제가 칼과 도끼를 뽑아 들고 뛰어오는 걸 보고 장이수가,

장이수	도망가쇼! 도망가!
김인숙	(입구를 향해 달리며) 그냥 두고 가요!

김인숙이 에스컬레이터를 향해 뛰어가는데 장이수는 돈 가방을 계속 붙들고 있다. 장씨 형제가 점점 가까워지자 잽싸게 운전석에 오르는 장이수. 벤츠를 둘러싼 장씨 형제. 장이수가 벤츠를 원을 그리며 후진시키는데, 몸을 날리는 장씨 형제. 장기철은 벤츠를 피해 뒹굴고 장순철은 벤츠 보닛에 올라탄다. 장이수가 벤츠를 출발시킨다. 장기철이 일어나는데 도망가는 김인숙을 발견하고 뒤따라 뛴다.
지하 7층 주차장으로 들어온 i30, 김상훈이 벤츠에 매달린 장순철을 발견하고 무전을 날린다.

김상훈	찾았습니다. 여기 지하 7층요!

[CUT TO]

지하 5층 주차장 입구. 지하 5층 주차장 입구를 나오던 강홍석이 무전을
날린다.

    강홍석   상훈아, 무조건 막아 금방 간다!

지하 7층을 향해 내리막길을 달려 내려오는 강홍석.

[CUT TO]

지하 7층 주차장. 강홍석의 무전을 받은 김상훈이 장이수의 벤츠 쪽으로 차를
몬다.
장이수는 핸들을 이리저리 틀어 장순철을 떼어내려 하고 있다. 장순철은
떨어지지 않는다. 다시 도끼로 차 유리를 내려치는 장순철. 다급하게 코너를
돌려는데 벤츠 앞으로 갑자기 나타나는 김상훈의 i30. 깜짝 놀라 급브레이크를
밟는 장이수. 충돌하기 직전 벤츠는 멈춰 서고 장순철이 반동으로 날아가
김상훈의 i30 위로 떨어진다. (쿵!) 장이수가 고개를 들어보자 앞 유리가
작살난 i30가 보이고 난감해하는 김상훈이 보인다. 순간, 퍼뜩 혼자라는
상황을 인지한 장이수가 룸미러로 돈 가방을 보더니 핸들을 틀어 i30 옆을
지나 주차장 밖으로 빠져나간다.
김상훈이 벤츠를 본다. 김인숙은 없고 혼자 차를 몰고 나가는 장이수를 보며
의아해하는데 일어서는 장순철을 발견한다. 김상훈이 차에서 내리며,

    김상훈   (신분증을 꺼내며) 겨, 경찰이다! 움직이지 마!
    장순철   뭐야, 이 개새끼는?

도끼를 든 장순철이 다가와 앞차기. 김상훈이 가슴을 맞고 쓰러지자, 장순철이
올라타서 도끼로 내려치려는 찰나, 강홍석의 날아차기. 장순철이 맞고
나동그라진다. 비틀거리며 일어나는 장순철. 강홍석과 김상훈을 향해 닥치는
대로 도끼를 휘두른다. 잽싸게 피하다가 스텝이 엉키는 강홍석. 장순철이
강홍석을 향해 도끼를 휘두르는 순간, 김상훈이 삼단봉으로 팔을 때리고.
바로 연이어 옆차기로 가슴을 찬다. 장순철이 도끼를 떨어트리자, 강홍석이
장순철의 얼굴에 연타로 주먹을 꽂고, 장순철 다리를 걸어찬다. 장순철이
중심을 잃고 나자빠지자, 김상훈이 달려들어 제압하고 수갑을 채운다. 때마침
지원 형사들이 달려들어 장순철을 검거한다. 강홍석과 김상훈이 주변을
살피며 장기철을 찾는데, 없다.

강홍석　　사모님은?

에스컬레이터로 뛰는 강홍석과 김상훈.

#87. ──── **백화점 지하 2층 푸드코트(내부/ 낮)**

에스컬레이터를 타고 올라온 김인숙이 사람들 사이를 달린다. 잔뜩 독이 오른
장기철이 김인숙을 뒤쫓는다. 장기철이 대검을 빼들자, 비명을 지르는 사람들.

[CUT TO]
백화점 지하 5층 주차장 에스컬레이터. 다급하게 에스컬레이터를 오르는
강홍석, 김상훈.

[CUT TO]

백화점 지하 1층. 가쁜 숨을 내쉬며 비상구에서 나오는 마석도. 비명이 들리는 방향으로 뛰어간다.

[CUT TO]
지하 2층 푸드코트. 김인숙이 장기철을 피해 도망가다 에스컬레이터 주변 사람과 부딪쳐 넘어진다. 칼을 빼든 장기철이 넘어진 김인숙에게 다가가자,

김인숙	그 기사가 돈 가지고 갔어.
장기철	아줌마. 빨리 기사한테 전화해서 내 돈 가지고 오라고 해. 안 그러면 아줌마 죽어.

장기철이 김인숙의 머리채를 잡고 끌며 에스컬레이터를 오른다.

장기철	내 돈 가지고 오라고! 이 씨발년아!

장기철이 "뭘 봐!" 하며 주변 사람들을 칼로 위협하며 에스컬레이터로 올라와 코너를 도는 순간! 나타나는 마석도. 두 손으로 강력하게 (퍽!) 밀어버리자 장기철은 날아가 테이블을 부수며 떨어진다. 옆으로 쓰러지는 김인숙. 장기철은 고통스러워 하며 일어나 다가오는 마석도에게 대검을 휘두른다. 마석도는 다시 장기철을 잡아 유도로 패대기쳐버린다. 장기철이 또 일어나 칼을 휘두르자 마석도 옷이 찢어진다. 마석도, 본능적으로 피하다가 빈틈을 노려 옆구리에 라이트 훅을 꽂는다. (뻑!) (뚜뚝!) 갈비뼈가 부러지는 소리와 함께 헉 하고 주저앉는 장기철. 장기철이 마지막 힘을 다해 마석도의 목을 노리자 마석도가 칼 잡은 팔을 꺾어 분질러버린다. 이번에는 장기철을 번쩍 들어 파워밤으로 바닥에 놓인 테이블에 꽂아버린다. (쾅!) 뼈들이 골절되며

장기철은 실신한다. 기절한 장기철 멱살을 잡아 끌고 가다 에스컬레이터
아래쪽을 내려다보니 밑에 강홍석과 김상훈이 도착해 있다. 마석도가
장기철을 내려가는 에스컬레이터에 툭 올려놓는다. 실신한 채 에스컬레이터를
타고 아래로 쭉 내려가는 장기철. 마석도 아래쪽의 강홍석에게,

       마석도   애는 병원부터 보내야 된다.

#88. ──── 백화점 앞 도로(외부/ 낮)

백화점 앞 도로를 어슬렁거리는 그랜저. 운전석에 앉은 강해상은 주위를
둘러보며,

       강해상   니미 씨발… 어딨는 거야?

장이수가 탄 벤츠가 주차장 출구를 다급하게 나온다. 신호를 무시하고
좌회전하는 벤츠.

       강해상   찾았다.

급출발하며 장이수의 벤츠를 쫓아가는 강해상의 그랜저.

#89. ──── 도로(외부/ 낮)

도로를 달리는 장이수의 벤츠. 장이수가 뒷좌석의 돈 가방을 바라본다. 기분이
좋아 씨익 웃는데 갑자기, (퍽!) 충격이 상체로 전해지는 장이수. 그랜저가

뒤에서 들이받은 충격으로 벤츠가 한쪽 도로에 처박히고 그랜저는 반대편
도로에 처박힌다. 사고를 목격한 의경 두 명이 현장으로 뛴다.

터진 에어백들 사이로 정신을 차린 장이수가 창밖을 본다. 반대편 도로에
처박힌 그랜저 운전석에 강해상이 보인다. 벤츠 문을 열고 내린 장이수가
뒷좌석 문을 열어 돈 가방을 잡는다. 상당한 무게에 끙끙대는 장이수.

그랜저에서 내린 강해상이 장이수를 향해 도로를 건넌다.

뒷좌석의 캐리어를 겨우 빼낸 장이수 앞쪽에 택시 한 대가 멈춰 선다.

강해상이 달리는 차들을 피해 빠르게 길을 건넌다. 강해상과 장이수의 거리가
점점 가까워진다. 장이수는 택시를 향해 캐리어를 질질 끌며 필사적으로
달린다.

출발하려는 택시를 장이수가 멈춰 세워 올라탄다. 뛰어오던 강해상 앞을
의경 두 명이 막아선다. 이를 틈타 택시 뒷좌석에 가방을 밀어 넣고 올라타는
장이수. 강해상이 길을 막아선 의경들을 무참하게 찌른다. 택시를 타고
멀어지는 장이수를 보고 화가 치미는 강해상.

#90. ──── 택시 내부(낮)

택시가 달린다. 돈 가방을 끌어안고 시시덕거리는 장이수.

#91. ──── 도로(낮)

교통경찰과 강홍석, 김상훈이 강해상의 그랜저를 살핀다.

> **강홍석** 장이수가 강해상을 따돌린 것 같습니다. 강해상 이 새끼 의경들도
> 찌르고 도망갔어요.

마석도	하아, 씨… 강해상이 전국에 수배 때려 동규이는?
강홍석	반장님이 병원 데리고 갔는데, 다행히 괜찮답니다.
김상훈	형님, 근데 장이수가 연락이 안 됩니다. 핸드폰을 안 받아요. (잠시 주차장에서 도망가던 장이수를 생각하다) …돈 들고 튄 거 같은데요.
마석도	…

#92. ──── 모텔(내부/ 낮)

내부를 뒤엎으며 빠르게 짐을 싸는 강해상. 작은 칼과 베트남에서 쓰던 마체테를 챙긴다. 텔레비전에선 뉴스가 흘러나온다. 백화점 지하 주차장에서 녹화된 CCTV 화면이 보인다.

앵 커	(V.O) 뉴스 속보입니다. 3일 전, 최 모 씨를 납치하고 몸값을 요구한 일당들이 경기도 한 백화점에서 검거되었습니다. 경찰은 이 중 대로변에서 경찰을 찌르고 달아난 주범 강 모 씨를 전국에 지명 수배했습니다.

잔뜩 화가 난 강해상,

앵 커	한편 경찰은 몸값으로 거래되던 미화 200만 달러를 훔쳐 도주한 조선족 장 모 씨 또한 절도 혐의로 전국에 지명수배했습니다. 경찰은 장 모 씨가 중국으로 밀항할 것으로 추정하고 서해안 일대를 수색하고 있습니다.

표정이 바뀌는 강해상.

#93. ——— 오래된 선박의 선장실 내부/ 으슥한 곳(밤)

불 꺼진 선장실을 나와 문을 잠그는 애꾸 선장, 어둠 속에 몸을 숨긴 장이수와
통화한다.

> 애 꾸 　중국 가는 배? 오늘은 배가 없어.
>
> 장이수 　아이, 쎄베. 해 달라 좀.
>
> 애 꾸 　이게 뭔 콜택시야? 이렇게 갑자기 들이대면 나보고 어쩌라고? 없어.
>
> 장이수 　따따불 줄게, 따따불.
>
> 애 꾸 　(선장실 문을 열고 불을 키며) 하나 있긴 한데… 빈자리가 없네?
>
> 장이수 　아 씨발, 따따불에 따따불!
>
> 애 꾸 　어디야? 애 보낼게.

전화 끊자 문밖에서 쿵 하는 소리. 문이 열리면, 누워 있는 부하들이 보이고,
강해상이 들어선다. 뉴스 속 인물임을 한눈에 알아본 애꾸 선장. 그대로
다가와 테이블에 마체테를 꽂는 강해상. 놀란 얼굴로 얼어붙는 애꾸 선장.

#94. ——— ○○동 버스 종점(외부/ 밤)

옆구리에 잡지를 끼고, 레쓰비 캔커피를 든 장이수. 대형 캐리어를 옆에
세우고, 황량한 버스 종점 한쪽 구석에 서 있다. 밀항 조직원이 조용히 다가와,

> **밀항 조직원**(무표정하게) 장이수요?
>
> 장이수 　(까칠하게) 예.

장이수가 밀항 조직원에게 두툼한 봉투를 건네자,

> **밀항 조직원** 여기서 ○○번 버스 타고 ╳╳항으로 가쇼. 버스 내리면, 사람이
> 기다리고 있을 거요. 그 사람 따라가서 배 타면 돼요.

장이수가 진지한 얼굴로 듣는데, 등 뒤에서 들리는 목소리.

> **강해상**　　(O.S) 쥐새끼가 멀리도 튀었네.

밀항 조직원과 장이수가 돌아보면, 강해상이 서 있다. 깊은 빡침을 느끼는
장이수. 밀항 조직원, 돌아가는 상황을 대번에 간파하고 양쪽의 눈치를 보며
쓱 빠진다. 장이수가 돈 가방을 움켜쥐고 발목에 찬 칼을 꺼내며,

> **장이수**　　(무서운 얼굴로) 이런 쌍간나새끼… 니 내 누군지 아니?
> **강해상**　　누군데? (마체테를 뽑아 든다)
> **장이수**　　(말문이 막힌다) 하… (혼잣말로) 마석도 이 개새끼…
> **강해상**　　누구냐고?
> **장이수**　　내 하얼빈의 장첸이다, 이 새끼야!

강해상이 실실 웃으며 마체테를 들고 다가오자 장이수가 돈 가방에 대한
마음을 고쳐먹으며,

> **장이수**　　야, 잠깐만 있어봐라, 잠깐만. 강해사이… (강해상이 더 다가오자) 아이
> 씨! 좀 가까이 오지 말라구! 알았다. 강해사이. 이거 니 가제 가구.
> 앞으로 다신 날 따라다니지 말라. (뒷걸음질 치며) 니 오늘 운 좋은 줄

알아라.

장이수는 슬금슬금 뒷걸음질을 치다 가방을 버리고 그대로 달아난다. 남겨진 가방을 잡는 강해상, 피식 웃으며 가방을 열어본다. 100달러 지폐 묶음이 가득 들어차 있다.

[CUT TO]
강해상이 돈 가방을 끌고 주차장으로 향한다. 주변의 경찰들이 강해상이 타고 온 차를 조사하고 있다. 그걸 보고 순간 몸을 피하는 강해상. 옆쪽으로 빠져나와 조용히 택시를 잡아타려고 택시 문을 열었다가 멀리서 다가오는 ○○항으로 가는 시내버스를 발견한다. 강해상이 택시와 버스를 번갈아 보더니 씩 웃으며 택시 문을 닫고 사람들 틈에 섞여 버스에 올라탄다.

[CUT TO]
누군가가 골목 어귀에 몸을 숨기고 출발하는 버스를 바라본다. 장이수다.

[CUT TO]
전화를 받으며 질주하는 마석도.

#95. ──────── ○○항행 시내버스(내부/ 밤)

○○항행 시내버스가 도로를 달린다. 몇 안 되는 승객들은 모두 앞쪽에 모여 있다. 뒤쪽에 혼자 앉은 강해상이 흐뭇한 표정으로 가방에 손을 얹는데, 갑자기 뒤에서 튀어나온 차가 급하게 버스 앞을 막는다. 버스 기사는 놀라서 급브레이크를 밟는다. 누군가가 버스 문을 탕탕 두드린다. 버스 기사가 겁을

먹고 문을 열어주자 성큼성큼 올라서는 마석도. 다른 승객들에게,

마석도   경찰입니다. 공무 집행 중이니까 잠시만 내려주십시오.

승객들과 기사가 버스에서 내리고 할머니 한 분은 귀가 어두워 옆에 사람에게 "뭐라고?" 물으며 내린다. 버스 안에는 강해상과 마석도만 남는다.

마석도   (왼팔에 가죽 허리띠를 감으며) 니들은 사람 죽여놓고 왜 자꾸
             외국으로 도망을 가냐? 영어도 못하는 새끼들이…

강해상   저번에 보니까 무섭더라고 흐흐. 힘 좀 쓰시더만?

마석도   나 홍삼 먹어.

강해상   하, 씨발. 일부러 버스 탔구만, 어떻게 찾았대?

마석도   형은 다 알 수가 있어.

마석도가 성큼성큼 다가오며 잡으려 손을 뻗자 순간적으로 마체테를 휘두르는 강해상. 칼날이 볼을 스쳐 피가 흐른다. 강해상이 빠르게 칼을 휘두르며 마석도를 몰아붙인다.
이리저리 막아내며 강해상을 유도로 메치고 들어 여기저기로 집어던져버린다. (쾅쾅쾅!) 이 과정에서 버스 여기저기가 부서진다.
타격을 입고 마체테를 놓치는 강해상. 마석도가 일으켜 세우며 주먹을 날리려 하자 어디선가 꺼낸 또 다른 칼로 마석도를 향해 내지른다. 피하다가 주먹으로 한 대 맞는 마석도. 왼손으로 칼을 막으며 오른 주먹으로 강해상 가슴을 (빽!) 때리자 가슴뼈가 부러지며 강해상이 뒤로 쭉 날아가, (쿵!) 부딪혀 쓰러진다.
비틀비틀 신음을 토해내며 뒷문으로 도망가려는 강해상. 문이 열리지 않는다.

마석도   내릴라면 벨을 눌러야지.

마석도가 벨을 눌러준다. (띵동~) 열 받은 강해상. 또다시 비틀비틀 일어나며
다리춤에 있던 칼로 마석도를 찌르려 한다. 칼을 피하며 강해상의 팔과 멱살을
잡아채 들고 유리창 바깥으로 던져버리는 마석도. 유리창이 와장창 깨지며
밖으로 날아가 쓰러지는 강해상.

[CUT TO]
○○항행 시내버스 옆 도로. 비틀비틀 일어나는 강해상의 눈에 버스에서
내려오는 마석도가 보인다. 승객들은 겁먹은 채 구경을 하고 있고, 버스와
막혀 있는 차들 때문에 이 두 사람이 선 곳이 마치 링처럼 보인다.

강해상   야, 이 개새끼야. 헉헉. 내 돈이야, 씨발새끼야!

마지막 힘을 내어 덤비는 강해상의 주먹을 막으며 마석도의 핵주먹이 뻑!
얼굴이 골절되며 실신하는 강해상. 마석도, 쓰러지려는 강해상 멱살을 탁 잡아
세워서 번쩍 든다. 차에 (쾅!) 꽂히는 강해상. (또는 차 위로 파워밤 또는 척추
부러뜨리기)

[CUT TO]
저 멀리서 경광등을 번쩍이며 달려오는 경찰 차량들이 보인다. 박수 치는
승객들. 마석도, 승객들을 향해 죄송하다고 고개를 숙인다. 아까 귀 어두운
할머니가 "이노무 새끼들 왜 싸우고 지랄들이여?" 하며 마석도의 머리를
지팡이로 콩 때린다. 마석도는 굉장히 아파 눈물이 찔끔 난다.

[CUT TO]

경찰차와 팀원들의 승용차가 서 있다. 강해상은 호흡기를 찬 채 들것에 실려 앰뷸런스에 탄다. 전일만이 마석도에게 다가와,

전일만	석도야, 괜찮아? 야~ 수고했다. 드디어 잡았다, 드디어 잡았어.
	마석도! (팔과 손의 상처를 보며) 너 피나는데 손 괜찮아?
마석도	난 머리가 아파. 아, 씨…

[CUT TO]

버스 앞. 김상훈이 박살 난 차들을 놀란 표정으로 바라본다. 저쪽에서 현장을 지휘하는 전일만의 목소리가 들린다. 김상훈이 반색하며 전일만에게 달려가더니,

김상훈	반장님!
전일만	어, 막둥아! 너도 수고 많았다.
김상훈	예, 반장님. 차 수리비는 지원되죠?

전일만 얼굴색이 바뀌더니, 바로 딴청을 피우며 자리를 뜬다. 김상훈은 "반장님~" 외치며 따라간다. 마석도가 그 모습을 보며 웃는데, 핸드폰이 울린다. 발신자를 확인하고 받는 마석도.

| 마석도 | 야, 이 새끼 잡았다. |

#96. ─────── 해장국 집(내부/ 밤)

홀로 테이블에 앉아 해장국을 놓고 마석도와 통화 중인 장이수.

장이수   와, 역시 지독하네.

마석도   너도 고생했다.

장이수   수배까지 때려놓고 고생했다 말 한마디면 단가…

쓰디쓴 소주 한 잔을 털어 넣는 장이수의 얼굴.

#97. ──── 택시(내부/ 낮) 장이수의 FLASH BACK

장이수, 핸드폰이 울리지만 받지 않는다. 이때 도착하는 문자. '이수야, 그 돈 일련번호 다 찍어놨다. 쓰면 바로 추적이야. 너 형 피해서 평생 도망 다닐 수 있겠냐?'

장이수   아… 씨. 내 이럴 줄 알았다.

장이수의 핸드폰이 다시 울린다. 마석도다. 핸드폰을 받는 장이수.

마석도   너 지금 돈 가지고 토끼냐?

장이수   머 이람까? 내 강해사이 떼내느라 죽다 살았는데… 전화도 그래서 못 받은 겜다.

마석도   그러지 말고, 너 아예 밀항도 해라.

장이수   예? 아니 건 또 뭔 소림까?

마석도   애꾸 선장한테 전화해서 오늘 밤 중국 가는 배 빨리 예약해.

[BACK TO SCENE] 도로 해장국 집

마석도	너 돈 들고 튈라 그랬지? 솔직히 말해봐.
장이수	사람을 뭘로 보고 그런 소림까?
마석도	너? 불법체류의 달인. 생긴 것도 불법.
장이수	여보쇼? 여보? 신호가 아이 좋나? (뚝, 쓰린 표정으로 소주를 털어 넣는다)

마석도는 피식 웃으며 핸드폰을 집어넣고 돌아선다. 저 멀리 동이 트는 하늘이 보인다.

앵 커	(V.O) 총 13명을 살해한 강 모 씨가 검거되었습니다.

#98. ──── 뉴스 화면

베트남에서 촬영된, 강해상과 두익의 범행 현장 사진들 위로 강해상의 검거 소식을 전하는 뉴스 앵커의 목소리가 들린다.

앵 커	(V.O) 강 모 씨는 동남아 일대에서 한국인 관광객들을 납치, 감금, 폭행 그리고 잔인한 방법으로 살해한 인물로…

[CUT TO]

휠체어를 타고 검찰에 출두하는 최춘백이 보인다. 김인숙은 선글라스를 끼고 그 뒤를 따른다.

앵 커   (V.O) 한편, 구출된 최 씨의 경우, 아들을 살해한 범인들에게 복수하기
위해 베트남으로 청부업자들을 보낸 혐의로 재판에 넘겨질 것으로
보입니다.

[CUT TO]

박영사와 트란 형사가 비 내리는 경찰서 복도에서 범죄자 송환을 논의 중인
모습이 보여진다.

앵 커   (V.O) 경찰은 이 사건을 계기로 동남아 국가들과 강력 범죄를
공조수사하는 코리안데스크를 설치하는 방안을 검토 중이라
밝혔습니다.

#99. ──── 금천서 건물 입구(외부/ 낮)

당당하게 건물 밖으로 나오는 전일만에게 기자들이 몰려든다.
전일만은 미소가 가득한 얼굴로 한 손을 들며,

전일만   자, 한 분씩 차례로, 차례로, 예, 예…

그런데 갑자기 기자들이 전일만 뒤쪽으로 우르르 몰려간다. 전일만, '뭐야?'
하는 얼굴로 돌아보면, 건물에서 나오는 마석도 주변으로 몰려드는 기자들.
전일만은 머쓱해지는데, 그의 핸드폰이 울린다. 서장이다. 전일만은 잽싸게
받으며 큰 소리로,

전일만   예, 서장님. (사이) 아유, 당연하죠. 제가 누굽니까? 칼까지 맞고,

죽어가면서도 일만 하는 전일만이 아닙니까? 강해상이까지 제가 싹 다 잡았습니다. 예, 서장님. 이제 다리 쭉 뻗고 주무시면 됩니다. 예, 예… 그럼요. 예, 예…

[자막] 일주일 후

#100. ──── **동네 포장마차(내부/ 밤)**

테이블에 모여 앉아 맥주를 마시며 열심히 음식을 먹고 있는 전일만, 마석도, 강홍석, 김상훈.

전일만	야, 고생들 했다! 내가 여기 오늘 통으로 빌렸으니깐 마음껏 먹어. 내가 서장님한테 카드 뺏어왔어.
마석도	야, 희대의 살인마를 잡았는데 오돌뼈 사주는 거야? 와… 진짜.
전일만	여기 안주 진짜 맛있어. 여기 〈VJ특공대〉에 나온 데야.
강홍석	그래도 반장님, 아… 참… 우리 회사는 너무 짜.
김상훈	이모! 뭐 비싼 거 없어요?

이때 들어오는 오동균.

마석도	어어, 일루 와, 이것 좀 먹어.
오동균	아이고, 아이고, 행님. 와아아~~~ 칼이 아프네?
전일만	야야. 쪼그만 칼 가지고 엄살. 내가 맞은 칼은 이 테이블만 해. 이 자식아. 마체테.
오동균	행님, 나는 깊이 들어왔다니까.

전일만	난 목이 거의 잘렸어! 이 새끼야!
마식도	야, 시끄럽고 나를 봐. 난 지금, 거의 위팔이 없어.
전일만	그래, 그래. 우리 석도! 진짜 고생했다! 발렌타인30년이야. 내가 특별히 너를 위해서 딴다! 한잔해!
마석도	(양주를 들이켜다 뱉으며) 이 새끼 물 탔네.
전일만	아이… 좀 섞었어. 12년 하고.

마석도와 팀원들이 모두 웃는다. 웃는 마석도 얼굴.

END

스토리보드

#2A

호찌민 갈대숲(실외/ 낮)

최용기에게 다짜고짜 폭력을 행사하며, 납치당한 상황을 이야기하는 강해상.

최용기, 유종훈 정면 2shot-B.S

최용기 누굴 만난다고 그랬죠?
유종훈 렌터카 사업 크게 하는 사람인데, 최사장 꼭
　　　한번 만나자고…

최용기, 유종훈 정면 2shot-B.S

최용기 얼마 받았어요?
유종훈 에이… 돈은. 내가 그럴 사람으로 보여?

차가 멈추는 소리가 들린다.

갈대숲 F.S/ 부감

최용기 앞에 멈추는 승합차.

이종두 back M.S/ follow

승합차에서 내리는 이종두와 김기백.
이종두 최사장! 해장했어요?

follow되며, 이종두, 김기백 O.S
최용기, 유종훈 F.S

최용기 하… 어제는 술값 왜 이렇게 많이
　　　　나왔어요?

다가가는 이종두, 김기백 side K.S/ track follow

이종두 최사장 덕분에 내가 루이13세를 처음
　　　　마셔봤네!
최용기 (유종훈을 향해) 형이 말렸어야지.
김기백 그래도 어제 돈 많이 땄잖아?
최용기 딴 건 딴 거고 내가 돈 쓸 때는 좀 이쁘게
　　　　씁시다! 맨날 술만 까지 말고.

이종두 O.S, 최용기, 유종훈 2shot-B.S

승합차 쪽으로 시선을 돌리는 유종훈.

보조석에서 내리는 두익 side K.S

승합차 보조석에서 내리는 두익.

최용기, 이종두, 유종훈 3shot-B.S

유종훈 자기가 직접 모시고 싶다고 사정사정을
　　　　하더라고, 한번 만나봐.
이종두 최사장 리조트 사업하는데 렌터카 댈라면
　　　　뭐든 다 할걸?

이종두 O.S 최용기, 유종훈 2shot-B.S

최용기 돈은 좀 있대?

유종훈이 잽싸게 최용기를 안내한다.

pull-back되며, 최용기, 유종훈 2shot-B.S

유종훈 어휴, 한인 쪽만 상대하는 사람이 아니야.
　　　　호찌민 여기저기 건물도 많고…

차 문이 열리며, 강해상 M.S

베트남 코코넛 과자를 먹는 강해상이 앉아 있다.
(짜잔!)

강해상 아이고, 안녕하십니까.

강해상 B.S

강해상 말씀 많이 들었습니다. 타세요.

강해상, 최용기 2shot-M.S

최용기 (거들먹거리며) 렌터카 사업 크게
　　　　하신다고?
강해상 돈 많다며?
최용기 …예?

강해상, 최용기 2shot−M.S/ track−in

'뻑!' 다짜고짜 최용기 얼굴에 주먹을 놓는 강해싱.

최용기 억…! 뭐야? 씨ㅂ… (퍽! 퍽!) 윽! 윽!

강해상의 주먹질이 이어진다. 저항하는 최용기의
손을 두익이 잡는다.

최용기 B.S

피가 쏟아지는 최용기의 머리채를 잡아 올리며
강해상이 한 대 더 때린다. 정신이 혼미해진 최용기.

최용기 O.S 강해상 B.S

강해상 (손에 묻은 피를 닦아내며) 너 납치된 거야.

**흔들리는 승합차 back T.F.S/ push−in & boom−
up**

구타 소리와 함께 흔들리는 승합차 너머로

boom−up되면, 호찌민 도심 전경 L.F.S

화면 천천히 떠오르면서 초록색 갈대숲 너머로
멀리 호찌민시의 낯선 모습이 보인다.
그 위로.
타이틀 범죄도시 2

#5	금천서 컨테이너 사무실(실내/ 낮)
	베트남에서 자수한 유종훈을 데리고 오라고 말하는 전일만. 서로 베트남에 가겠다고 하는 팀원들.

마석도 사진 C.U/ zoom-out

험악한 인상으로 짱구를 끌고 나오는 마석도의
사진. 눈에 〈기생충〉 포스터같이 까만 줄이 그어져
있지만, 누가 봐도 마석도다.

zoom-out되면, 신문 기사 헤드라인 C.U

신문 기사의 헤드라인
"경찰의 무력진압에 전치 24주 중상"

마석도 B.S

마석도 (사진 보며) 괜찮아. 눈 가려서 난지 몰라.
　　　　(자리로 걸어가고)

마석도, 오동균, 강홍석, 김상훈 4shot-M.S

그 말에 멈칫하는 형사들,

오동균 아이고, 형님은 몸을 가려야 된다.
강홍석 (동균에게) 얼굴만 보면 당연히 범인이라고
　　　　생각하겠죠?
오동균 딱 보믄 러시아 쪽 건달인 줄 알겠지…
김상훈 풉!

마석도 B.S

마석도 야, 얼굴만 보면 너네 반장은 테러범이야.

형사들 O.S 전일만 F.S

형사들 무하하하! 큭큭큭! 캬캬캬!

이때, 사무실 문이 열리며 결재 파일을 든 전일만이 굳은 얼굴로 들어선다.

마석도, 오동균, 강홍석, 김상훈 4shot-M.S

마석도와 팀원들, 살짝 긴장하는데,

마석도 왜? 많이 깨졌어…?

track-out되며, 전일만, 마석도 2shot-M.S/ 전일만 fr-out

손에 든 결재 파일을 석도에게 건네주고 자리로 가서 앉는 전일만.

마석도 B.S

마석도 내가 서장님한테 가서 얘기할게.

전일만 B.S

책상을 쾅 치고 자리에 앉는 전일만.

전일만 됐어. (얼굴 짠 나타나며 무언가에 신나서
　　　　귀엽게) 내가 잘 얘기했꼬~등?

마석도 O.S 전일만 M.S

전일만 이번 일 신경 끄고… 너 베트남 갔다 와야
　　　　돼. 그 파일 봐봐.

마석도 B.S

마석도가 결재 파일을 펼치면 삼인조 사건 파일.

마석도 베트남? 왜?

파일 C.U

전일만이 준 파일을 보는 마석도.
삼인조 파일에 순서대로 붙어 있는 얼굴 사진.
이종두, 김기백, 유종훈. 그리고 그에 따른 설명.
"이종두-특수강도, 김기백-특수강도 공범,
유종훈-종범(망보기 및 차량 운전)"

오동균, 강홍석, 김상훈 3shot-M.S

오동균 아! 인마들… 그 있다 아입니까?
　　　　작년에 세 놈이서 가리봉동 금은방
　　　　턴 새끼들… 아, 그 망보고 운전한 놈,
　　　　유종훈이.

전일만 B.S

전일만 어, 그 유종훈이가 베트남에서 그 사건으로
　　　　자수를 했어.

전일만 B.S

전일만 그것도 베트남 경찰이 아니라 우리
　　　　영사관에 찾아가서. 그냥 걔만 데리고 오면
　　　　되니까 가볍게 갔다 와. 2박 3일 휴가 간다,
　　　　생각하고.

마석도 B.S

마석도 그래? 누구랑?

마석도가 세 명의 형사 쪽으로 시선을 이동하면,

track-out되며, 전일만 fr-in
전일만 O.S 전체 K.S

자리를 박차고 일어나는 전일만.

전일만 B.S

전일만 이것들이 뭐 놀러 가냐? 나랑 갈 거야. 둘이.

호찌민 떤선녓국제공항 구금실(실내/ 낮)

박영사의 도움으로 구금에서 풀려나는 마석도와 전일만.

마석도, 전일만 2shot-B.S

전일만을 째려보는 마석도. 정적.
베트남어 안내 방송이 들리는 가운데,

공항 구금실 F.S/ 부감

마석도와 전일만이 구금실 안에 나란히 갇혀 있다.

마석도, 전일만 2shot-M.S/ track-in

마석도 넌 뭐야?
전일만 베트남 애들이 영국식 영어를 잘 못
　　　　알아듣네.
마석도 저번에 뭐가 발사한다 그럴 때부터
　　　　알아봤어. 아오 씨…

track-in되며, 마석도, 전일만 2shot-M.S

전일만 야! 우리가 잡힌 건 니가 무섭게 생겨서
　　　　그런 거야.
마석도 (무시하며, 근처 베트남 공항 직원 1에게)
　　　　어이 저기. 헬로우? 어… 나 코리아 폴리스.
　　　　우리 바빠. 나가야 돼. 아웃. 오케이?

직원 1 side M.S

직원 1 (영어) 조용히 하세요!

**구금실 안으로 들어오는 박영사 M.S/
track follow**

이때, 출입증을 달고 말쑥하게 차려입은 모범생
스타일의 경찰주재관 박영사가 들어온다.

**track follow되며, 박영사, 마석도, 전일만 side
3shot-M.S**

박영사 아이고, 제가 좀 늦었습니다.
대한민국총영사관 경찰주재관
박창수입니다.
전일만 금천경찰서 전일만 반장입니다.
마석도 예, 부반장 마석돕니다.

박영사 O.S 마석도, 전일만 2shot-B.S

전일만 초면에 실례가 많습니다. 부하 직원이
영어를 못해서요.
마석도 … (이런 시발놈이)

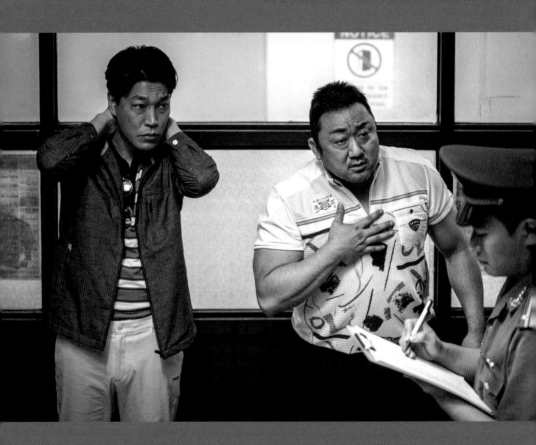

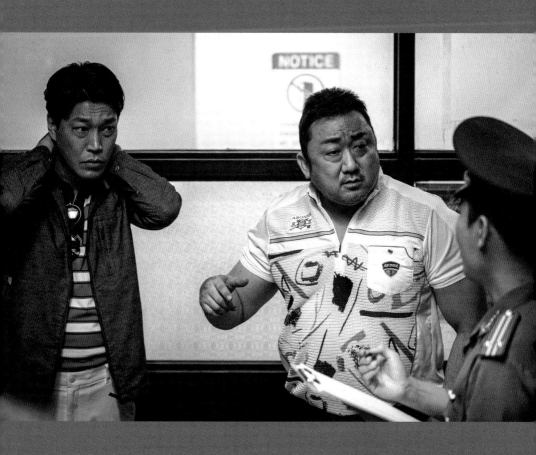

호찌민 대한민국총영사관 사무실(실내/ 낮)

유종훈이 자수한 이유를 박영사에게 묻는 마석도.

마석도 side B.S

벽에 붙은 한국인 실종 전단지를 훑어보는 마석도.

마석도 side B.S

박영사, 전일만 쪽으로 고개를 돌리며,
마석도 관광객 실종 사건이 많네요.

마석도 O.S 전일만, 박영사 2shot-K.S

박영사 한 달에 3만 명씩 오니까 사건들이 많아요.
　　　　 작정하고 잠수 타는 사람들도 있고… 전부
　　　　 돈이 문제죠, 돈.

유종훈 관련 서류를 들어 전일만에게 전달하는
박영사.

전일만, 박영사 2shot-M.S

박영사 여기 사인하시면 됩니다. 출입국관리실로
　　　　 서류 보내면, 내일 오전 10시 이후에 인도해
　　　　 가실 수 있습니다.
전일만 뭔 서류가 이렇게 많아요?

박영사 O.S 마석도, 전일만 2shot-B.S

박영사와 이야기하는 진일만 뒤쪽으로 나가오는 마석도.

박영사 범죄자가 영사관으로 찾아와서 자수를 한다는 게, 유례가 없었거든요.

전일만, 박영사, 마석도 side 3shot-M.S

박영사 방 하나 비워서 임시로 구금을 하기는 했는데, 경비 인력 배치해야지, 끼니 챙겨줘야지, 저희로선 애로 사항이 많습니다.

마석도 B.S

마석도 근데 왜 자수를 한 거예요?

박영사 B.S

박영사 (진술서를 내보이며) 양심의 가책을 느꼈답니다.

마석도, 전일만 2shot-B.S

마석도 하하하하!
전일만 푸하하하!

#13 호찌민 대한민국총영사관 임시 구금실(실내/ 낮)

유종훈이 묻는 말에 대답을 하지 않자 압박하는 마석도.
자신도 모르게 이종두의 이름을 말해버리는 유종훈.

전일만, 마석도 side 2shot-B.S

마석도 종훈아, 왜 자수했어?
전일만 양심의 가책 같은 소리 하지 말고,
　　　　 똑바로 얘기해.

유종훈 side B.S

유종훈 진심으로 반성하고 있거든요.
　　　　 한국 가서 벌받겠습니다.

전일만, 마석도 side 2shot-B.S

전일만 이 새끼가 개기네…
마석도 (웃으며) 한국에서 징역 살고 싶어?

마석도, 전일만 정면 2shot-B.S/ 전일만 follow

마석도 반장님, 여기를 '진실의 방'으로.
전일만 (당황해하며) 여기서? 어어… 알았어.

마석도, 재킷을 벗어 의자에 걸치면, 전일만은
유종훈의 콜라 컵을 뺏어 원샷하고,

FOLLOW

224

[CCTV P.O.V] CCTV 쪽으로 다가오는 전일만 F.S

의사 뒤로 올라가 전상에 묻은 CCTV에 콜라 컵을
쏙 씌우는 전일만.

track-in되며, 유종훈, 마석도 2shot-M.S

마석도가 다가와 유종훈의 목에 손을 얹는다.

마석도 (살살 만지며) 어~ 괜찮아. 형은 다 알 수가
있어.

유종훈 네? 뭐를? 아…

마석도 왜 자수했어?

마석도 O.S 유종훈 B.S

유종훈 양심의 가책을…

유종훈 O.S 마석도 B.S

마석도 (이해한다는 듯 끄덕이며, 목 옆 급소를
엄지로 꾸욱)

마석도 O.S 유종훈 B.S

유종훈 아악! 아악악! 조… 조… 조… 존두요! 아!
악! …종두가 절 죽이려고 해서…

#17	호찌민 이종두의 모텔식 숙소(실내/ 낮)
	죽어 있는 이종두를 발견하는 마석도.

마석도 정면 M.S/ pull-back

이종두에게 다가가는 마석도.

마석도 종두야, 한국 가자.

pull-back되며, 마석도 정면 M.S/ pull-back

마석도 (얼굴 확인하고) 어?!

pull-back되며, 이종두, 마석도, 전일만 3shot-K.S

난감한 얼굴로 이종두를 바라보는 마석도.
이종두는 목이 그어진 채 죽어 있다. 전일만은 "어!
어!" 하며 놀라고, 마석도는 "아이 씨ㅂ…" 급히 집
안을 둘러본다.

숙소 내부 F.S/ 부감/ track-out

전일만은 시신의 맥박을 확인하고. 마석도를
쳐다본다.

마석도 박영사한테 전화해.

경찰 사이렌 소리 선행.

호찌민 대한민국총영사관 임시 구금실(실내/ 밤)

이종두가 죽었다는 사실을 알고 겁에 질린 유종훈을 통해 자백을 받는 마석도.

구금실로 들어오는 마석도 M.S

위압적인 얼굴로 구금실로 들어오는 마석도.

마석도 (손을 쳐들며) 야, 이 개새끼야… 죽을라고 거짓말을 해?

마석도, 유종훈 side 2shot-M.S/ track-in

전일만과 박영사가 뒤따라 들어와 문을 닫는다. 유종훈 앞에 서는 마석도.

마석도 이종두 살해당했어, 새끼야.
유종훈 예?!
마석도 니들 여기서 뭔 짓거리하고 다녔어?

유종훈 O.S 마석도 B.S

마석도가 일어나더니 구금실 문을 연다. 의아한 눈으로 보는 유종훈.

마석도 야! 가. 나가, 풀어줄게.

유종훈 side B.S

유종훈 예? 아니, 형님, 저 자수했는데요.

유종훈 O.S 마석도 B.S

마석도 어차피 너 솔직히 날 안 믿 을 거니까 됐어.
필요 없어. 빨리 가.

바닥에 주저앉는 유종훈 M.S/ follow

유종훈은 사색이 되어 바닥에 주저앉아 버티다가,
마석도의 바짓가랑이를 잡고 늘어진다.

유종훈 (다급하게) 형님, 제발 살려주세요. 밖에
나가면 저도 종두 꼴 납니다.

마석도, 전일만, 유종훈 3shot-M.S

마석도 솔직하게 말해봐. 너 뭐 숨기고 있지?
유종훈 (난처한 표정을 지으며 대답 못 하는)
마석도 알았어, 안 궁금해. 말하지 마. 너 씨바
이제부터 '말하면' 죽여버린다. (유종훈을
잡아끌며) 들어가. 멀리 안 나갈게~
유종훈 알았어요! 알겠어요! 말할게요.

마석도 O.S 유종훈 T.B.S

유종훈 여기 베트남에서 강해상이라는 놈을
만나서 사람을 납치했어요.

마석도, 전일만 side 2shot-T.B.S

본능적으로 뭔가 큰 건수라는 것을 직감하는
마석도와 전일만.

마석도 강해상?

갈대숲 도로를 달리는 승합차 back F.S/ Drone

유종훈 (N) 네, 강해상이 리조트 사업하는 최용기
　　　 사장을 납치하자고 저희를 꼬셨어요. 이미
　　　 세팅을 다 해놨더라구요. 최용기가 집에
　　　 돈이 많아요. 어린 놈인데 싸가지도 없고,
　　　 돈을 물 쓰듯 펑펑 썼습니다.

갈대숲 옆으로 뻗은 국도 위로 먼지 날리며 달리는
승합차.

묶여 있는 최용기의 손 C.U/ tilt-up -〉
최용기 B.S

피가 흥건한 수건을 입에 문 채 고개를
숙이고 있는 최용기.

tilt-up

강해상, 두익 side B.S/ pan -〉유종훈 side B.S

유종훈이 여러 개의 백팩에 담긴 현금 다발을 세고 있고, 그 앞에 강해상과 두익이
감시하듯 앉아 있다.

강해상 T.B.S

강해상 종두 씨, 작업 많이 했다더만. 뭐예요? 다들
초짜잖아.

김기백 back side B.S

김기백 뭐? 이 씨발! (브레이크를 콱 밟는) 야, 지금
뭐라 그랬어?

강해상, 두익 2shot-B.S

차 안에 살벌한 긴장감이 흐른다.

강해상 답답해서 그래요. 멍청한 건지.
(두익을 보며) 아니, 순수한 건가?

김기백 back side T.B.S

김기백, 뒤를 돌아보며,

김기백 최사장 돈만 아니었으면 진작에 뒤졌어.
　　　　오냐오냐해주니까, 개새끼가.

강해상, 두익 2shot-B.S

칼을 꺼내 드는 두익. 몸을 앞으로 내밀며 위협한다.

두 익 니네 돈 벌기 싫구나? 적당히 해.

강해상 T.B.S

김기백을 노려보는 강해상.

최용기 C.U

눈치를 보던 최용기.

승합차 밖으로 뛰쳐나가는 최용기 side M.S

유종훈 B.S/ pan

깜짝 놀란 유종훈이 차에서 내려 쫓아간다.

pan되면 유종훈, 이종두 back M.S

차에서 내려 도망가는 최용기를 유종훈과 이종두가
쫓는다.

갈대숲 주변 도로 L.S/ 부감

필사적으로 도망가는 최용기. 그 뒤를 쫓는 이종두,
유종훈, 김기백.

강해상, 두익 2shot-T.B.S/ fr-out

표정이 굳어지는 강해상, 차에서 내린다.

차에서 내리는 강해상 F.S/ 부감

#20B 호찌민 갈대숲 안(실외/ 낮)

최용기를 죽여버리는 강해상. 자신의 행동에 토를 다는 김기백까지 살해한다.

최용기 side M.S/ track follow

필사적으로 도망가는 최용기.

김기백, 유종훈 side 2shot-M.S/ track follow

최용기를 잡는 유종훈 back 2shot-F.S

최용기, 김기백, 유종훈, 이종두 4shot-F.S

최용기를 구타하는 김기백.

김기백 O.S 최용기, 유종훈 2shot-B.S

만신창이가 된 최용기가 무릎을 꿇으며,

최용기 (거친 숨을 내쉬며) 형님들, 나 좀 보내줘.

유종훈 O.S 최용기, 김기백 2shot-B.S

김기백에게 매달리는 최용기.

최용기 내가 한 사람당 1억씩 드릴게요.
김기백 헉, 헉, 너 진짜야?

김기백 O.S 최용기 T.B.S

최용기 제발 저 좀 그냥 보내주세요. 아무한테도
　　　　말 안 합니다. 호텔 금고에 2억 있어요, 2억.
　　　　금괴도 좀 있고.

이종두 O.S 최용기, 김기백, 유종훈 3shot-M.S

최용기 비밀번호 2963. 2963. 다 가져가세요.

최용기를 에워싸고 쭈그려 앉는 김기백, 유종훈,
이종두.

최용기 O.S 이종두, 유종훈 2shot-B.S

유종훈 2963? 이 새끼야, 전에 돈 빌려 달랄 때
　　　　줬으면 얼마나 좋아?
이종두 최사장님, 진작 이렇게 얘기를 하지
　　　　그랬어? 그럼 서로 고생 안 하잖아.

이종두, 유종훈 뒤로 다가오는 강해상 fr-in

갈대를 해치며 등장하는 강해상과 두익.

최용기의 머리를 내려치는 강해상의 손
최용기 fr-out/ tilt-up

퍽 소리가 나며, 최용기가 쓰러지고 피가 튀자,

tilt-up되며, 강해상 M.S/ 앙각

잔뜩 흥분한 채 숨을 몰아쉬는 강해상.
두세 번 더 내려치는 강해상.

강해상 C.U

강해상 (최용기를 발로 툭툭치는데 움직임이 없다)
　　　　뭐야… 뒤진 건가?

강해상, 최용기 F.S/ 부감

최용기 머리에 박혀 있는 마체테를 뽑는 강해상.

김기백 어… 죽었잖아! 죽이면 어떡해.
　　　　돈 받아야지. 미쳤어?!

#21A 호찌민 단독주택 뒷마당(실외/ 밤)

최용기와 김기백의 시신을 처리하는 이종두와 유종훈.
최춘백에게 전화를 걸어 최용기의 몸값을 요구하는 강해상.

강해상 단독 B.S

최춘백 (V.O) 용기냐?
강해상 용기 아버님이시죠?
최춘백 (V.O) 누구냐?
강해상 아드님 납치됐어요.
최춘백 (V.O) 뭐?
강해상 여기 베트남입니다.
최춘백 (V.O) 너 뭐하는 새끼야?
강해상 용기는 잘 있습니다. 5억이면
　　　　집으로 돌려보냅니다.
최춘백 (V.O) 이 새끼가 어디서
　　　　개수작을… 내 아들 바꿔.
강해상 계좌 번호 하나 적으세요.
　　　　달러로…

최춘백은 강해상의 말이 채 끝나기도
전에 일방적으로 전화를 끊어버린다.

강해상 …뭐야?

최용기의 손을 가리키는 강해상의 손
C.U/ tilt-up

tilt-up

tilt-up되며, 강해상 B.S

강해상 여기 좀 잡아봐.

#21B 호찌민 단독주택 뒷마당(실외/ 밤)

최용기와 김기백의 시신을 치리하는 이종두의 유종훈.
최춘백에게 전화를 걸어 최용기의 몸값을 요구하는 강해상.

손 C.U/ 여권 fr-in

테이블 위에 놓여 있는 잘린 최용기의 손목과 여권.

강해상 B.S

문자를 보내는 강해상.

핸드폰 C.U

'받는 사람'에 '아버지'
"일단은 팔 하나 보냅니다. 5억 입금 안 하시면
다음엔 머리를 보내드릴게요. 경찰에 신고는
마음대로 하세요."
내용을 기입하는 강해상의 손.

[유종훈 P.O.V] 강해상, 두익 F.S

임시 구금실 F.S/ 부감

유종훈의 자백에 당황해하는 마석도 일행들. 정적.

유종훈 O.S 마석도, 전일만 2shot-M.S

마석도 그래서?

마석도 O.S 유종훈 B.S

유종훈 그리고 이틀인가 있다가 돈이 입급됐고…
　　　　 종두랑 저는 그냥 튀었습니다. 돈 들어오고
　　　　 나니까 눈빛이 바뀌더라구요. 그런데 얼마
　　　　 전부터 수상한 놈들이 제 뒤를 캐고 다니는
　　　　 겁니다. 강해상이가 저 죽일라고 동생들을
　　　　 보낸 것 같습니다.

유종훈 O.S 마석도 B.S

마석도 진작에 얘기를 해야지. 아요 씨… 그래서
　　　　 자수했어?

마석도 O.S 유종훈 B.S

유종훈 예… 종두도 분명히 강해상이가 죽인
  겁니다. 어깄는 거 일면 서노 죽습니나.
  제발 한국으로 보내주세요.

마석도, 전일만 side 2shot-B.S

전일만 어떡하지?

마석도 시신부터 찾자. (유종훈에게 종이를 던지며)
  거기다 그 집 주소 적어.

마석도, 전일만 O.S 유종훈 M.S / 부감

종이를 받아 적기 시작하는 유종훈.

마석도, 전일만, 박영사 3shot-B.S / track-in

박영사 자꾸 그러시면 진짜 추방당해요.
  그냥 공안에 넘기세요. 제발 부탁 좀
  드리겠습니다.

마석도 (박영사 안 볼 때) 메롱.

호찌민 단독주택 뒷마당(실외/ 낮)

강해상의 단독주택 뒷마당을 파는 마석도 일행. 땅속에서 시체를 발견한다.

땅을 파는 삽 C.U

전일만 side B.S

흩어져서 땅을 파는 마석도, 전일만, 그리고 박영사.
모두들 러닝셔츠 바람으로 삽을 휘두르며 땀을
흘린다.

전일만 아이고, 허리야… 뭔 지랄이냐 이게. 응?

마석도 M.S

마석도 반장, 엄살 부리지 말고 제대로 좀 파봐.

다시 삽질하는데 툭.

마석도 M.S/ tilt-down

고개를 숙여 비닐을 들어보는 마석도.

tilt-down되며, 비닐 뭉치 C.U

마석도가 흙 속에 비닐을 잡아 들자 보이는 시신.

마석도 side T.B.S

마석도 (시신을 보고 인상을 구기며) 찾았다. 아
씨…

고개를 돌리는 B.S

마석도 거기도 있어?

마석도 O.S 전일만, 박영사 K.S

박영사 여기도 있습니다!
전일만 난리 났네. 난리 났어…

단독주택 뒷마당 F.S / 부감

#27A #27B 호찌민 단독주택 뒷마당/ 식당 교차(실외/ 낮)

경찰과 기자들이 몰려와 있고, 마석도에게 당장 손 떼라고 또 한번 경고하는 트란.

트란 O.S 전일만 B.S

전일만 아니, 아무리 우리가 수사권이 없다고 해도 그렇지, 우리나라 사람들 죽은 사건인데 너무한 거 아니야! 우리도 경찰이야, 경찰!

트란, 박영사 O.S 전일만, 마석도 2shot-M.S

전일만을 말리는 마석도.

마석도 (전일만을 말리며) 야야… 그만해. 그만… 총 꺼낸다, 총. (트란에게) 오케이 쏘리, 쏘리. 알겠어. 알겠어.

마석도, 전일만 2shot-B.S/ track-back

전일만 강해상 이 새끼는 어떻게 같은 한국인한테 이렇게까지 하냐? 쓰레기 같은 놈.

마석도 무조건 잡아야 돼. 영사관까지만 끌고 오면 한국 가는 비행기 태울 수 있는데.

띠링, 마석도의 핸드폰 문자 메시지 도착 소리. 마석도가 핸드폰을 본다.

전일만 어떻게 잡을 건데? 계획이라도 있어?
마석도 따라와.
전일만 그게 계획이야? (박영사 눈치를 보며 따라나선다)

250

마석도, 전일만 back M.S/ back follow

박영사를 피해 현장을 빠져나가는 마석도와
전일만.

back follow되며, 마석도, 전일만 fr-out

베트남 주민들이 몰려 있는 대문 앞을 마석도와
전일만이 지나는데,

boom-up & track-in되며, 주민들 M.S

**boom-up & track-in되며, 주민들 O.S 강해상,
두익 F.S**

주민들 너머로 천막을 들추며 나타나는 강해상과
두익. 베트남 주민들 사이에서 시신 발굴 현장을
바라본다.

강해상, 두익 2shot-B.S

두 익   베트남은 끝인 거 같은데, 어때? 필리핀.
강해상 돈부터 챙기자.

#33 #34	금천서 컨테이너 사무실/ 호찌민 국도 택시 안(실내외/ 낮)
	강홍석에게 전화로 최춘백 회장에 대한 정보를 듣는 마석도.

마석도 side B.S

마석도와 전일만을 태운 택시가 도로를 달린다.
마석도는 강홍석과 통화한다.

마석도 어, 강해상이 위치 파악해서 지금 급하게
　　　　가고 있어. 너는 뭐 좀 찾은 거 있어?

강홍석 B.S

강홍석 강해상은 본청 정보과에 있는 친구한테
　　　　부탁해놨습니다. 근데 형님, 최용기는 좀
　　　　이상한 게, 실종 신고가 안 돼 있어요.

마석도, 전일만 side 2shot-B.S

마석도 그래? 걔 아버지는 뭐하는 사람이야?

강홍석 side B.S

강홍석 이름은 최춘백, 조은캐피탈이라고, 대부
　　　　업체 회장입니다.

강홍석 side B.S

강홍석 명동 사채 시장 큰손에, 대부 업체는 그냥
긴핀이고, 주 종목은 기업 시체, 히쿠에
땡기는 현금이 재벌들보다 많답니다.

마석도, 전일만 side 2shot−B.S

마석도 그런 양반이 아들이 실종됐는데 신고를 안
했다?

강홍석 side B.S

강홍석 뒤 좀 더 따볼까요?

전일만 O.S 마석도 B.S

마석도 전화할게.

마석도가 골똘히 생각하는 표정으로 핸드폰을
끊는다.

마석도 최용기 아버지가 납치한 놈들 죽일라고
선수들 보낸 것 같은데?

마석도 O.S 전일만 B.S

전일만 에엥? 그러면 이종두도 그 새끼들이
죽인 거 아니야?

#38 호찌민 강해상 은신처(내부/ 낮)

자신의 집에 침입해 있는 은갈치 일행을 일망타진하는 강해상.

강해상 M.S/ 앙각

욕실 문을 열고 밖으로 걸어나오는
강해상.

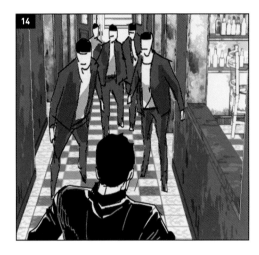

강해상 O.S 킬러들 F.S

강해상을 향해 달려드는 킬러들.

은갈치 O.S 두익 M.S

이때, 쾅! 반대편 베란다 쪽에서 나타난
두익. 킬러들을 향해 달려든다.

강해상, 화교 킬러 1 side 2shot-M.S

마체테로 화교 킬러 1의 머리를 찍는 강해상.

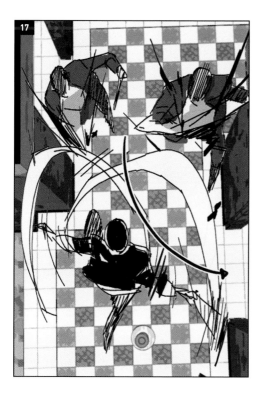

화장실 앞 복도 F.S/ 직부감/ moving

긴 마체테와 주변 공간을 이용해 공격하는 강해상. 킬러들이 화장실 앞 복도에서 부엌으로 밀리며 이동. 세 명의 킬러들은 변변한 반격도 못 하고 마체테에 찍혀 쓰러진다.

미얀마 킬러 3 0.S 강해상 B.S

미얀마 킬러 3의 머리를 찍는 강해상.

사마귀, 미얀마 킬러 4 O.S 강해상 F.S/ 부감

강해상 쪽으로 달려가는 미얀마 킬러 4, 사마귀. 부엌 쪽으로 밀리는 강해상.

유리창 O.S 강해상, 사마귀, 미얀마 킬러 4 3shot-K.S

부엌으로 이동한 후, 강해상, 사마귀, 미얀마 킬러 4 액션.

사마귀 O.S 강해상 M.S

사마귀 목에 박히는 마체테.
피를 뿌리며 즉사하는 사마귀.

은갈치의 다리를 가격하는 강해상의 발 C.U

은갈치, 강해상 2shot-F.S

은갈치와 강해상의 액션.

은갈치 O.S 강해상 M.S

은갈치와 강해상의 액션.

강해상 O.S 은갈치 M.S

은갈치의 가슴에 콱 박히는 강해상의 마체테.

강해상 B.S/ 앙각

강해상 (숨을 고른 후) 너네들 누구냐?

반쯤 열린 벽장문 쪽으로 시선을 돌리는 강해상.

[강해상 P.O.V] 비어 있는 벽장 내부

숨겨두었던 돈 가방이 없다.

강해상 C.U/ fr-out

살기 어린 눈빛으로 은갈치 쪽으로 가는 강해상.

강해상 O.S 은갈치 M.S/ track-in

은갈치 앞에 서는 강해상.

강해상 B.S/ 앙각

강해상 니들이 내 돈 가져갔니?

follow되며, 강해상, 은갈치 2shot-T.F.S

강해상은 은갈치의 배에 마체테를 박는다.
은갈치는 고통에 몸부림친다.

강해상 누가 보냈나?

은갈치 B.S

은갈치 (고통을 못 참고) 으윽… 최, 최춘백
　　　　회장이…

조은캐피탈 건물 앞/ 강해상 은신처(실내외/ 낮)

최춘백에게 협박 전화를 거는 강해상.

최춘백 B.S/ pull-back

건물 입구 문이 열리며 걸어 나오는 최춘백.

조은캐쉬 건물 앞 side F.S

건물 밖으로 나오는 최춘백과 박실장.
최춘백을 향해 인사하는 직원들을 지나 고급
승용차에 탑승하는 최춘백과 박실장.

박실장, 최춘백 2shot-B.S

보조석에 박실장이 탑승하면, 출발하는 차량.
박실장의 핸드폰이 울린다. 발신자를 확인하고
서둘러 받는 박실장.

박실장 어떻게 됐어?

박실장, 최춘백 2shot-B.S

잠시 듣던 박실장 표정이 심각해진다. 핸드폰을
최춘백에게 건넨다.

박실장 회장님께서 받아보셔야 될 것 같습니다.

강해상 F.S

시체로 가득한 은신처 내부.
최춘백과 농화하는 강해상.

강해상 용기 아버님, 저 강해상입니다.

강해상 side B.S

최춘백 (V.O) 아직 안 죽었구나?
강해상 저 죽이려고 사람 보내셨네요?

최춘백 side B.S

최춘백 돈을 챙기고도 우리 애를 죽였는데,
무사할 줄 알았냐.

강해상 side B.S

강해상 집으로 돌려 보낸다 그랬지, 살려서
보낸다고 안 했잖아? 경찰이 시체
발견했으니까 받아다 장례나 잘
치르시지…

최춘백 정면 B.S

최춘백 내가 너 꼭 죽여버린다.

#42 호찌민 강해상 은신처(실내/ 낮)

은신처 내부를 확인하는 마석도와 전일만. 벽장문 안에 숨어 있던 강해상이 전일만 어깨를 칼로 찌르고 도망간다.

마석도, 전일만 2shot-B.S

전일만 아… 이게 다 뭐야? 도대체 몇 명이 죽은 거야?

전일만 O.S 마석도 side B.S

전일만에게 거실로 가라고 신호 보내는 마석도.

전일만 M.S

거실을 뒤지던 중 뭔가 심상치 않은 기운을 느끼는 전일만. 벽장문을 열어젖힌다. 벽장 속은 텅 비어 있다. 안심하는 전일만. 자신의 행동이 겸연쩍어 피식 웃으며 돌아서는데,

튀어 나오는 강해상 B.S

갑자기 베란다 문을 박차고 튀어 나오는 강해상.

강해상 O.S 전일만 B.S

전일만이 반사적으로 피해보지만 강해상이
위누르는 마제테가 선일만의 어깨를 내려찍는다.

쓰러지는 전일만 M.S

"아악!" 소리치며 뒤로 넘어지는 전일만.

전일만 side B.S

강해상의 연이은 공격을 피하려 마체테를 손으로
잡는 전일만, 강해상을 밀친다.

마체테를 손으로 잡는 전일만 side B.S

전일만이 마체테를 잡은 전일만의 손에서 피가
흐른다.

마석도 B.S

전일만의 비명에 놀라 거실 쪽으로 뛰어가는
마석도. 도망가는 강해상과 두익을 발견한다.

도망가는 강해상 F.S/ fr-out

마석도를 향해 마체테를 던지는 강해상.

마석도 B.S

칼을 피하는 마석도.
달려드는 강해상의 칼을 피하며 덜미를 잡아 들어
벽에다 세게 던져버린다. 쾅! 엄청난 충격으로
고통스러워 하던 강해상이 마석도에게는 안
되겠는지 슬쩍 두익 뒤로 빠지며 야비하게 두익을
마석도 쪽으로 밀고 도망간다.

강해상 정면 B.S/ pull-back

은신처 밖으로 도망가는 강해상.

급히 뒤쫓아가는 마석도 side B.S

마석도 정면 M.S/ 강해상 fr-in

마석도 앞으로 지나가는 강해상.

강해상 side M.S / track-in

입구로 도망가는 강해상.

track-in되며, 두익 B.S

강해상을 따라 도망가던 두익.

마석도, 두익 2shot-M.S

두익이 마석도에게 거칠게 칼을 휘두른다.
마석도가 칼을 피하면서 빈틈을 노린다.

강해상 back B.S

두익을 남겨두고 도망가는 강해상.

두익, 마석도 2shot-M.S

두익의 얼굴에 핵주먹을 꽂는 마석도. 뻑! 소리와
함께 통나무 쓰러지듯 실신하는 두익.

호찌민 종합병원-전일만의 병실/ 금천서 컨테이너 사무실(실내/ 밤)

병실에 입원한 전일만과 강홍석의 전화를 받는 마석도. 공안들이 마석도 일행을
추방할 거라 말하자 마석도는 두익의 병실 호수를 묻는다.

마석도, 전일만 2shot-M.S

박영사의 이야기를 듣는 마석도와 전일만.

전일만 예?

박영사 죄송한데, 저도 더는 못 도와드리겠네요.
추방되시면 당분간 베트남 자체를 못
들어오실 겁니다.

마석도 강해상 그 새끼 잡아야 돼!

박영사 B.S

박영사 형사님. 아니, 형님. 타지에서 이렇게까지
하시는 이유가 뭡니까?

마석도, 전일만 2shot-M.S

마석도 사람 죽인 놈 잡는 데 이유가 어딨어?
나쁜 놈은 그냥 잡는 거야.

전일만 (맞장구치며) 아니… 강해상이를 그냥
놔두고 돌아가라고요? 절대 못 가지!
(침대에서 내려와 옷을 갈아입으려 하며)
석도야, 공안들 오기 전에 빨리 튀자.
나 옷 좀 입혀줘.

전일만 O.S 마석도 B.S/ pan follow

박영사 쪽으로 이동하는 마석도.

박영사 O.S 마석도 B.S

마석도 (잠시 생각하다) 박영사, 어제 잡아 온 그놈
　　　 어디 있어?

마석도 O.S 박영사 B.S

마석도가 박영사의 어깨에 손을 올리자,

마석도 O.S 박영사 B.S

박영사 예? 아니, 형님…

박영사 O.S 마석도 B.S

박영사를 아무 말 없이 쳐다보는 마석도.

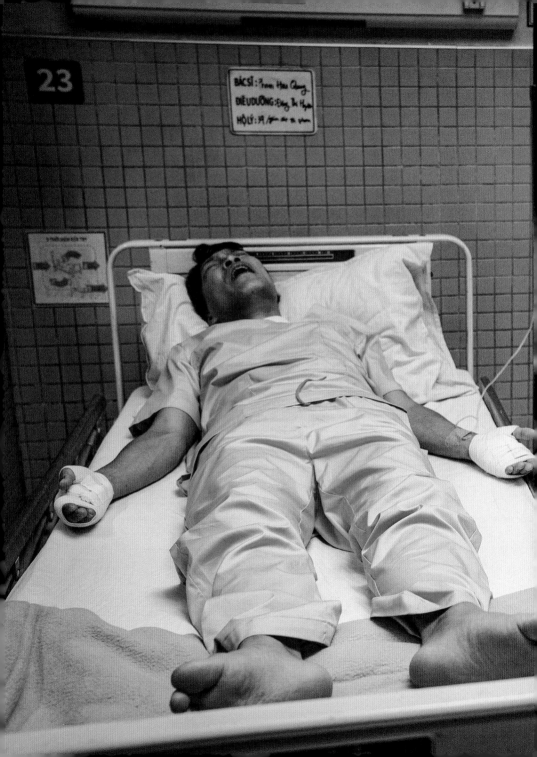

전일만, 박영사, 트란 형사, 공안들 side K.S

서로 언쟁을 계속하는 전일만과 트란 형사.
박영사는 전일만을 말리면서 열심히 통역을 .
하고 있고, 공안들은 이러지도 저러지도 못하고
난처해한다.

공안들 O.S 전일만, 박영사 2shot-M.S

칼까지 맞았는데 이대로 돌아갈 수는 없다고
난리를 치고, 같은 경찰끼리 이래도 되는 거냐고
배를 내밀어 부딪치며, 거의 진상처럼 날뛰는
전일만.

마석도, 전일만, 박영사, 트란 형사, 공안들 side K.S

마석도가 전일만과 트란 형사 중간에서 중재를
하며,

마석도 반장! 아니야, 아니야. 그러지 마.
법을 지켜야 돼.

마석도, 전일만, 박영사 3shot-B.S

전일만 야, 너 왜 그래 갑자기?
마석도 우리가 경찰인데 이러면 안 돼. 추방이
맞아.
전일만 야! 강해상 어떡하고?
마석도 (공안들에게) 오케이, 오케이, 빨리. 코리아.
스피드.

#52 | 인천국제공항 주차장(실외/ 낮)

유종훈을 금천서 형사 1, 2에게 인계하고 오동균과 함께 어디론가 향하는 마석도.

마석도, 전일만 2shot – M.S/ pull-back

금천서의 지원 형사1, 2가 유종훈을 차량으로
인계하면, 그 뒤를 따라나오는 마석도와 전일만.

오동균 fr-in

오동균 행님! (다가와서 전일만에게) 아이고,
　　　　반장님. 어쩝니까, 이거?
전일만 야, 두 명이 마체테를 들고 나 한 명한테
　　　　덤비는데…

마석도, 전일만, 오동균 3shot-M.S/ pull-back

차량으로 이동하는 마석도, 전일만, 오동균.

전일만 나 아니였으면…
마석도 (말 끊으며) 들어가서 쉬어.
전일만 들어가 쉬… 야, 쉬긴 뭘 쉬어?
　　　　윗분들한테 일일이 보고해야지.

마석도, 오동균 fr-out되며, 전일만 M.S

전일만 반장이라는 직책이…
마석도 (말 끊으며) 가자. 시간 없어.
쌩 가버리는 마석도와 오동균.

#55A	**장이수 직업소개소(실내/ 낮)**
	장이수의 사무실로 들어오는 마석도와 오동균.

장이수 back M.S/ 배달원 fr-in

"짜장면 배달이요~" 하며 철가방을 든 중국집
배달원이 들어온다.

장이수 (돌아보지도 않고) 거기다 놔라, 그냥. 아,
　　　　이번 한 번만 좀 믿어주쇼! 저번에 도망간
　　　　애들은 내 보낸 애들이 아니라니깐?
　　　　이번에는 제대로 할 테니깐…

장이수 back B.S

장이수 잔금은 좀 보내주쇼, 사장님. 내 좀…
　　　　사장님! 사장님! (전화 끊어지자) 에이
　　　　씨베…

뒤돌아보는 장이수 B.S

소파에 앉아 있는 마석도, 오동균 2shot-K.S

테이블에 음식을 내려놓고 있는 중국집 배달원.
그 앞에 앉아 있는 마석도와 오동균!

장이수 M.S/ pull-back

마석도를 못 본 척 걸어와 배달원에게 돈을 건네며
자연스럽게 배달원을 따라 나가려는 상이수.

마석도 side B.S/ 장이수 fr-out

마석도 옆을 자연스럽게 지나가는 장이수.

마석도 side B.S

마석도 사무실 다 뿌신다?

장이수 B.S

밖으로 나가려던 장이수, 멈칫한다.

장이수 에이 씨.

다시 소파 쪽으로 다가가며,

마석도 O.S 장이수 K.S

장이수 내 여기 있는 거 어떻게 알았슴까?

장이수, 마석도, 오동균 side 3shot-M.S

오동균 내비게이션이라고 새로 나온 거 아나?
　　　거 치면 다 나온다.
장이수 (한숨을 팍 쉰다)
마석도 앉아, 이 불법체류자야.

자리에 앉는 장이수 side M.S

장이수 합법된 지가 언젠데… 난 이제 합법적인
　　　일밖에 아이 함다.
오동균 지랄하네. 밀항한 놈들 돈 받고
　　　일자리 주는 기 합법이가?

장이수 O.S 마석도 B.S

마석도 너 중국에서 한국 들어오는 밀항선 루트 좀
　　　따와봐.

마석도 O.S 장이수 B.S

장이수 하… 내 손 뗀 지 오래됐다니까.

마석도 O.S 장이수 B.S

장이수 이보쇼! 내 옛날에 장이수가 아이다!

#55B 장이수 직업소개소(실내/ 낮)

장이수를 통해 오늘 새벽 밀항선이 들이왔다는 정보를 알게 되는 마식도.

장이수 B.S

장이수 (명함을 들고 흔들며) 별명이 애꾸
선장이라고, 중국 밀항은 이 양바이 꽉 잡고
있습다.

장이수 side B.S

장이수 아 그러야? (사이) 알았다, 끊어라. (전화를
끊고 마석도에게) 오늘 새벽에 궁평항으로
배 들어온 게 하나 있다는데…

마석도, 오동균 side 2shot-B.S

마석도 그래? (오동균에게) 홍석이 전화해.
오동균 (통화하며) 홍석아, 어데고? 그 말고 궁평항
근처 CCTV 싹 다 걷어 온나.
마석도 또?

장이수 M.S

장이수 없습다. 아니 갑자기 찾아와 가지고 또
못살게 구네.

#58A #58B | 인천국제공항 입국 심사대(실내/ 낮)

한국으로 도착해 입국 심사를 받는 장씨 형제.

필리핀 장기철 위조 여권 C.U

위조 여권에 찍히는 도장 E.C.U

장기철 T.B.S/ fr-out

장기철이 내려다보고 있는 모습. 장기철이 빠지면,

장순철 fr-in

다음 순서로 입국 심사대 앞에 서는 장순철.

#59 금천서 회의실(실내/ 낮)

외사과에 넘기려는 강해상 사건을 담당하겠다고 말하는 마석도와 전일만.

서장 M.S

서장이 보고서를 흔들며,

서 장 야, 마석도! 조용히 갔다 오라니까 아주
동네방네 소문 다 내고 왔더라? 자꾸
일부러 일 키우는 거지? 나 말려 죽일라구?

서장, 마석도, 전일만 3shot-M.S

마석도 내가 무슨 일을 키워요. 범인 잡을라다
그런거지…
서 장 거기서 범인을 왜 잡으러 다니냐고?
그 나라에도 경찰이 있는데, 왜 니가 딴
나라에서 애들을 패고 사고를 치나.
전일만 근데 형님, 외사과로 넘기겠다는 건 무슨
얘기예요?

마석도 O.S 서장 B.S

서 장 이게 외국에서 일어난 일이라 외사과가
하는 게 맞는 거야, 인마.

마석도 B.S

마석도 우리가 CCTV 다 확인해서 자료 수집하고
이제 마무리 단곈데, 그걸 넘기면
어떡해요?

마석도 O.S 서장 B.S

서 장   나도 힘없어, 이번엔. 자꾸 나한테 말해봐야
        소용없다.

마석도, 전일만 2shot-B.S

마석도 (전일만에게 눈치를 준다)
전일만 우리 서장님 보고서를 꼼꼼하게 안
        읽어보셨네…
마석도 어쩐지…

전일만 B.S

전일만 지금 베트남에서 시신 나온 게, 전부
        네 구예요. 필리핀이랑 캄보디아에서
        일어난 한국인 납치 실종 사건들 중에서
        강해상이가 한 거로 추정되는 게 또 네 건.
        이 새끼 역대급이에요.

서장 B.S

서 장   그래서 외사과에 넘기자는 거 아니야?

서장 O.S 마석도, 전일만 2shot-M.S

전일만 그것만 있으면 외사과에 넘기는 게 맞지.
서 장   뭐가 또 있어?
마석도 진짜 안 읽었네.

전일만 B.S

전일만 최용기 아버지가 지 아들 죽였다고 돈 주고
조폭들 사서 강해상 패거리들 다 죽이려고
한 거예요. 근데 강해상이 그놈들까지
죽이고 최춘백한테 찾아온 거라니까요?
나타나면 최춘백이 가만히 안 있을 거예요.

서장, 마석도, 전일만 3shot-M.S

마석도 골 때리죠?
서 장 골 때리네.
전일만 최춘백이 조폭들 바로 풀고, 서울 시내
피바다 되고.
마석도 테레비 나오는 거지.
전일만 방송 타면 우리 다 죽는 거예요. 특히,
형님이 쎄게 죽죠. 책임자니까…

마석도 O.S 서장 B.S

서 장 (움찔하며 다시 보고서를 펼친다) 보고서에
그런게 써 있었어? 일이 그렇게 커진다고?

마석도, 전일만 2shot-B.S

전일만 보고서를 꼼꼼하게 읽어보시라니까요,
형님.

마석도, 전일만 O.S 서장 M.S

서장, 자리에서 일어나며,

서 장 에이씨… 내가 막을 수 있는 건 일주일이야.
일주일 안에 결판내.

#69A 장례식장 엘리베이터(실내/ 밤)

박실장을 칼로 찌른 후, 최춘백을 납치하는 강해상.

강해상, 최춘백, 박실장 3shot-M.S/ 부감

지하 주차장으로 내려가는 엘리베이터.
최춘백과 박실장 앞에 서 있는 강해상.

최춘백 B.S

최춘백의 눈에 들어오는 강해상 손의 문신.
예리한 눈으로 강해상을 훑어보는데,

강해상 back side B.S

강해상 (슥 돌아보며) 용기가 아빠를 안 닮았네…

강해상 back side B.S

강해상 강해상입니다.

강해상 O.S 최춘백 T.B.S

최춘백 이 새끼!

최춘백 O.S 강해상, 박실장 M.S

강해상이 칼을 빼들어 최춘백을
찌르려는데 박실장이 강해상의 손목을
잡고 멱살을 잡아 들어 올린다.

**강해상, 최춘백, 박실장 3shot-M.S/
moving**

칼을 놓치는 강해상. 강해상의 목을
점점 조르는 박실장. 이때 뒤에 서 있던
최춘백이 떨어진 칼을 주워 강해상을
찌르려는데,

**moving되며, 강해상, 박실장 2shot-
B.S**

강해상이 발로 최춘백을 차 쓰러뜨리고
다리로 박실장의 몸을 감는다. 박실장이
엘리베이터 벽에 강해상을 쿵쿵 찍는다.

moving되며, 박실장 O.S 강해상 B.S

왼손이 자유로워진 강해상이 허리에
숨겨놓은 칼을 꺼내 박실장의 목을
사정없이 찌른다.

최춘백, 강해상 2shot-B.S/ pan follow

최춘백의 목에 칼을 대고 걸어 나오는 강해상.

pull-back되며, 장씨 형제 O.S 강해상 F.S

강해상이 나오는 복도에 서 있는 두 사람.

장씨 형제 2shot-F.S

시체가 된 킬러들 옆에서 물수건으로 피를 닦고 있는 장씨 형제.

장기철 (시신들을 가리키며) 이거 돈 더 줘야 돼.

강해상 B.S

기가 질린 최춘백. 강해상 쪽으로 다가오는 장씨 형제를 보며,

강해상 너네 저녁 먹었냐?

#74

금천서 컨테이너 사무실(실내/ 아침)

협박 영상을 보는 마석도와 형사들. 문제가 더 커진 것을 알고 다급해진다.

텔레비전 C.U

최춘백 납치 동영상이 정지되며,

텔레비전 O.S 마석도, 전일만, 김인숙, 형사들
6shot-K.S

영상을 확인한 형사들과 마석도는 심각한
얼굴이다. 마석도와 함께 원탁 테이블에 앉아 있는
김인숙.

마석도, 김인숙 2shot-B.S/
마석도 fr-out

마석도 이거 언제 받으셨어요?
김인숙 어젯밤 집에서 퀵으로 받았어요.

심각한 표정의 마석도. 자리에서 일어나
텔레비전 쪽으로 걸어간다.

전일만, 강홍석 2shot-M.S

전일만에게 자료를 건네주는 강홍석.

전일만 (강홍석에게 자료를 받으며) 어, 여기
　　　　나왔네. 장기철, 장순철이…

전일만 B.S

전일만 청부 살인에, 특수 강도, 화려하다 화려해.

강홍석 B.S

강홍석 한국에서 수배받고 필리핀으로 튀었었는데
한국인 살인 사건으로 인터폴도 쫓고
있더라구요. 동선 보니까 필리핀에서
강해상이랑 6개월 정도 행적이 겹칩니다.

텔레비전 O.S 마석도, 전일만, 형사들, 김인숙

6shot-K.S

텔레비전을 유심히 바라보는 마석도 쪽으로
걸어오는 전일만.

마석도, 전일만 2shot-B.S

전일만 (작게 속삭이며) 야, 우리끼리 괜찮을까?
그러다가 잘못되면 어떡할라 그래?
마석도 지금 시간 없어.

김인숙 B.S

김인숙 용기나 애 아빠나 죄는 많지만 제
가족이에요. 어떻게 해서든 저놈
잡아주세요. (마석도를 보며) 내가 어떻게
하면 되죠?

강해상 M.S/ track-in

강해상 시키는 대로만 하시면 별일 없을 거니깐 너무 걱정 마시고. 돈은 준비되셨죠? 계좌 번호 지금 찍어드릴게요.

김인숙 B.S

강해상의 이야기를 듣는 김인숙.

마석도, 전일만 2shot-B.S

강해상의 통화 내용을 듣고 있는 마석도와 전일만.

마석도 O.S 김인숙 B.S

김인숙 너 바보니? 내가 왜 너한테 20억을 쏴?

강홍석 O.S 마석도, 전일만, 오동균, 김인숙 M.S

김인숙의 반응에 놀라는 마석도와 팀원들.

강해상 B.S

강해상 예?

마석도, 전일만 2shot - B.S

전일만이 김인숙에게 진정하라고 손을 들자
제지하는 마석도.

마석도 O.S 김인숙 B.S

김인숙 너, 내가 돈을 보냈는데도 내 아들 죽였어.
　　　　이번에도 니가 내 남편 죽일지 살릴지 알
　　　　수가 없는데 내가 돈을 왜 보내?

강해상 B.S

강해상 이 아줌마가 미쳤나… 안 보내면 남편이
　　　　죽어.

전일만, 마석도 O.S 김인숙 B.S

김인숙 그래주면 나는 고맙지.

전일만, 마석도 O.S 김인숙 B.S

김인숙 야, 니가 내 아들 죽였지, 남편까지 죽이면
그 돈 다 어디로 가겠니?

김인숙 B.S

김인숙 너 어차피 해외로 튈 거지? 내가 200만
달러로 정확하게 맞춰줄게. 남편이랑
맞교환해. 남편 살아 있는 것만 확인되면
바로 준다.

김인숙 O.S 오동균, 강홍석 B.S/ pan

김인숙의 통화 내용을 듣는 오동균과 강홍석.

룸미러에 비친 강해상 C.U

강해상 아줌마는 시원해서 좋네. 오케이. 200만
달러는 캐리어에 담아서 가져오시고,

298

강해상 side B.S/ 앙각

강해상 추적 장치 심거나, 이상한 장난치면 다
같이 뒤지는 거야. 내일 낮 1시까지 일산
중앙사거리 앞으로 아줌마 혼자 차 몰고 와.

메모를 하는 마석도 손 C.U

마석도가 종이에 글을 쓴다.
'운전수 동행'

마석도 B.S

쪽지를 들어 보이는 마석도.

김인숙 B.S

마석도의 쪽지를 보고 나서는

김인숙 나는 운전을 못 해. 운전수 한 사람 있어야
돼. 싫으면 관두고…

강해상 side B.S/ 앙각

강해상 (어이없다) 허… 알았어. 그럼 운전수 딱 한
명. 우리 잘해서 남편 살립…

김인숙이 전화를 끊어버리자 황당한 강해상.

강해상 이 집안은 전화 예절이 없네.

최춘백 집 앞(실내외/ 낮)

집 앞에 주차된 차에 돈이 든 캐리어를 싣는 장이수.
김인숙의 움직임을 확인하는 장씨 형제.

벤츠 O.S 김인숙, 장이수 M.S

최춘백의 집 앞에 주차된 벤츠. 대문이 열리고
김인숙이 나온다. 장이수는 돈이 든 캐리어를 끌며
뒤따른다. 장이수가 뒷좌석 문을 열어주지만,

벤츠 O.S 김인숙, 장이수 M.S

김인숙은 무시하고 앞 좌석에 탄다.

김인숙 가방은 뒷자리에 실어주세요. 내 눈에
　　　　보이게…

툴툴거리는 장이수.

벤츠 back F.S/ track-back

뒷좌석 문을 닫고 운전석으로 이동하는 장이수.

track-back 되면, 장씨 형제 O.S 벤츠 back F.S

차량에 몸을 숨긴 장기철과 장순철, 김인숙과
장이수를 지켜본다.

#83

시내 도로/ 중앙사거리/폐공장 지대(실외/ 낮)

김인숙의 차를 따라가는 장씨 형제를 발견하고 따라붙는 형사들.
갑자기 유턴하는 벤츠와 아반떼. 그 뒤로 붙는 마석도.

택배 트럭 정면 F.S/ follow

시내 도로를 달리는 강홍석의 택배 트럭.

강홍석 B.S

김상훈과 무전을 주고받는 강홍석.

김상훈 side B.S

강홍석과 무전을 주고받는 선글라스를 낀 김상훈.

김상훈 i30 정면 F.S/ moving

벤츠 뒤로 빠지는 김상훈의 i30.

룸미러 O.S 장이수 B.S

장이수, 불안감을 감추며 룸미러로 뒤를 살피다가
시선이 돈 가방에 머문다.

중앙사거리 F.S

약속 장소에서 미리 대기하는 마석도의 위장 택시.
근처에서 전일만과 형사들도 주위를 살피고 있다.

마석도 B.S

무전으로 지시를 내리는 마석도.

마석도 각자 위치 이상 없지? 야, 배달차! 주변 차들
　　　　잘 봐!
강홍석 (O.S) 네 알겠습니다!

마석도 전화를 받는데, 동균이다.

오동균 B.S (차량 유리 반사로 보이는 공장 지대)

보조석에 앉은 오동균, 급히 전화하며,

오동균 형님, 여 폐공장들 있긴 한데… 범위가 너무
　　　　넓어가꼬. 시간 좀 걸리겠는데.

마석도 side B.S

마석도 최대한 빨리 최춘백을 찾아야 돼.
　　　　그래야 이 새끼들 잡는다!

305

아반떼 보닛 rigging shot

칼치기하며 빠르게 질주하는 아반떼.

강홍석 B.S

아반떼의 움직임이 이상함을 포착하는 강홍석.

boom-down되면, 정지선에 서 있는 차량들 back F.S/ 부감

아반떼 옆으로 차선 변경하는 강홍석의 트럭.

아반떼, 트럭 back F.S/ 부감

아반떼 옆에 정차하는 강홍석의 트럭.

강홍석 B.S

옆에 선 아반떼 내부를 확인하는 강홍석.

강홍석 side B.S/ 앙각

강홍석 장씨 형제들 찾았습니다! 흰색 아반떼 ○○라 ○○○○.

마석도 side B.S

마석도 강해상이도 있어?

강홍석 (V.O) 아니요. 두 놈만 있습니다. 이제 중앙사거리 진입합니다!

아반떼 사이드미러에 비치는 택배 트럭 C.U

장기철 O.S 장순철 B.S

강해상과 통화 중인 장기철. 사이드미러로 멀찍이 붙은 택배 차량을 유심히 보며,

장기철 중앙사거리. 200미터 앞이야. 다 와 간다. (전화 끊으며) 슬슬 시작하자.

핸드폰 C.U

김인숙의 핸드폰이 울린다. '발신자 번호 표시 제한'이라고 뜬다.

김인숙, 장이수 side 2shot-B.S

김인숙 여보세요?

강해상 side C.U

강해상 일단, 유턴해.
김인숙 (V.O) 뭐?

벤츠 F.S/ 앙각/ pan

사거리에서 불법 유턴하는 벤츠.

마석도 B.S/ 앙각

마석도 (무전) 다들 잘 들어. 눈치채면 끝난다.
　　　　빠진 차량들 바로 백업 준비해.

#84 폐공장 내외부(실외/ 낮)

멀리 한 건물 옥상에 방수포를 씌워놓은 승용차를 발견하는 오동균.
오동균 쪽 상황을 파악하고 폐공장으로 방향을 돌리는 전일만의 차량.

폐공장 골목 F.S/ 부감/ boom-down

boom-down되며, 오동균 fr-in

폐공장 골목을 분주하게 뒤지는 오동균.

오동균 언제 다 찾아보노, 이거.

옥상으로 올라온 오동균 F.S/ pan follow

pan follow되면, 오동균 O.S 공장 지대 L.S

오동균 앞에 펼쳐진 폐공장 지대 전경.

오동균 B.S

폐공장 지대를 살피는 오동균.

오동균 T.B.S

한 건물 옥상에 주차되어 있는 승용차를 발견하곤,
수상함을 느끼는 오동균.

옥상 위 에쿠스 F.S/ zoom-in

한 건물 옥상에는 주차되어 있는 에쿠스.

tilt-down되면, 오동균 F.S/ 부감

폐공장 입구 쪽으로 걸어오는 오동균.

오동균 back M.S

오동균 행님, 최춘백 납치 때 쓴 에쿠스 찾았습니다.

#85

폐공장 내외부/ 시내 도로(실내외/ 낮)

최춘백을 발견하는 오동균. 뒤에서 나타나 칼로 찌르고 도망가는 강해상.
흰색 아반떼 뒤로 붙어 덮칠 준비를 하는 형사 차량들.

최춘백, 오동균 2shot – M.S/ pull-back

최춘백을 부축하여 창고 밖으로 데리고 나오는
오동균.

강해상 fr-in

이때 뒤에서 다가오는 강해상의 그림자.
본능적으로 살짝 피하는 오동균.

오동균, 강해상 F.S/ 부감

강해상과 대치하는 오동균.

오동균, 강해상 side 2shot-M.S

오동균을 한 번 더 찌르기 위해 칼을 휘두르는
강해상. 오동균 옆구리로 칼이 쑥 들어온다.

오동균 O.S 강해상 M.S

강해상을 온몸으로 막는 오동균. 반격하며
오등균이 강해상의 칼을 날려버린다

폐공장으로 뛰어 올라오는 순경들 F.S

호루라기를 불며 폐공장 안으로 뛰어오는 순경들.

강해상, 오동균 side M.S/ follow

호루라기 소리에 오동균을 밀쳐내는 강해상.

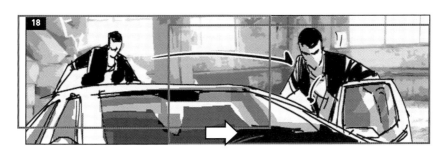

강해상 M.S/ pan follow

그랜저 운전석으로 빠르게 탑승하는 강해상.

그랜저 side F.S/ follow

폐공장 내리막길을 내려와 밖으로 빠져나가는
강해상 그랜저.

강해상 정면 B.S/ rigging shot

잔뜩 화가 난 표정으로 운전하는 강해상.

강해상 그랜저 side F.S/ tracking

시내로 향하는 강해상의 그랜저. 그 옆을 지나가는 전일만의 차.

전일만 B.S

빠른 속도로 지나가는 그랜저를 슬쩍 쳐다보는
전일만.

순경들 O.S 전일만 F.S

순경 두 명이 최춘백을 순찰차 뒷좌석에 태우는
모습이 보인다. 전일만이 차에서 내리며 바로
마석도에게 전화한다.

전일만 B.S

마석도와 통화하는 전일만.

전일만 최춘백 확보했다, 살아 있어. (동시에
　　　　오동균 발견하고) 동균아, 왜 그래?
　　　　(오동균에게 달려가면)

전일만 O.S 오동균 K.S

공장 입구를 걸어 나오는 오동균을 보면 옆구리를
잡은 손 사이로 피가 흥건하다.

오동균 (쪽팔린 듯, 버티다가 주저앉으며
　　　　전일만에게) 강해상…

전일만 B.S

전일만 석도야! 동균이가 칼 맞았다!

마석도 side T.B.S/ track-in

마석도 뭐?
전일만 (O.S) 강해상 이 새끼가 찌르고 도망갔어!
마석도 하… 이 씨발…

마석도 B.S

마석도 (무전) 잘 들어! 최춘백 확보됐고, 두 놈 먼저
　　　　잡는다.

마석도 B.S

마석도 (무전) 강해상이가 동균이 찌르고 도망갔고,
　　　　이 두 놈 놓치면 강해상이 못 잡는다.

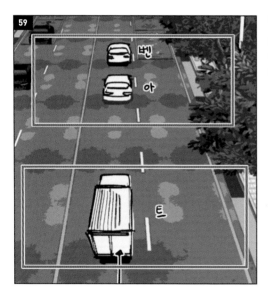

택배 트럭 back F.S/ 부감/ Drone

아반떼 뒤로 빠르게 붙는 강홍석의
택배 트럭. 택배 트럭 앞으로 i30,
아반떼, 벤츠가 차례대로 보인다.

86

백화점 앞 도로/ 램프/ 지하 주차장(실내외/ 낮)

백화점으로 진입하는 벤츠와 아반떼. 형사들도 순서대로 백화점 내부로 진입한다.

장씨 형제 O.S 벤츠 back F.S

벤츠를 따라 지하 주차장으로 내려가는 장씨 형제의 아반떼.

벤츠, 아반떼 F.S/ 부감

지하 주차장 램프로 내려오는 벤츠와 아반떼.

김상훈 i30 F.S

지하 주차장으로 들어가는 김상훈의 i30.

i30 fr-out, 뒤이어 들어오는 택배 트럭 F.S/ 부감

i30를 따라 들어가던 강홍석의 택배 트럭이 높이 제한 봉에 걸린다.

택배 트럭에서 내리는 강홍석 M.S

강홍석이 차를 버리고 지하 주차장으로 뛰어
내려긴다. 뒤에서 겅적을 울리는 일반 차량들.

마석도, 지원 형사 1, 2 back M.S/ follow

차에서 내려 백화점 정문을 향해 뛰는 마석도와
지원 형사 1, 2.

1층 로비로 들어오는 마석도, 형사들 F.S

형사들과 흩어져 수색하는 마석도.

장이수, 김인숙 side 2shot-B.S

장씨 형제를 발견하곤 당황하는 장이수와 김인숙.
장이수 도망가쇼! 도망가!

장기철, 장순철 side M.S/ track follow

칼과 도끼를 뽑아 들고 뛰어오는 장씨 형제.

장기철, 장순철 O.S 김인숙, 장이수 F.S/ follow

벤츠로 뛰어가는 장기철과 장순철. 급히 김인숙은
에스컬레이터 쪽으로 도망가고, 장이수는 벤츠에
탑승한다.

차량에 탑승하는 장이수 정면 M.S/ track-out

장씨 형제가 점점 가까워지자 잽싸게 운전석에
오르는 장이수.

후진하며 도는 벤츠 side F.S

장이수가 벤츠를 원을 그리며 후진시키는데, 몸을
날리는 장씨 형제. 장기철은 벤츠를 피해 뒹굴고
장순철은 벤츠 보닛에 올라탄다. 출발하는 벤츠.

[장기철 P.O.V] 김인숙 K.S

도망가는 김인숙을 발견하는 장기철의 시점.

김인숙 back F.S/ 장기철 fr-in

도망가는 김인숙을 급히 쫓아가는 장기철.

직선 램프를 뛰어내려오는 강홍석 M.S/ follow

지하 5층 주차장 입구를 나오던 강홍석이 무전을
날린다.

강홍석 상훈아, 무조건 막아 금방 간다!

지하 7층을 향해 내리막길을 달려 내려오는
강홍석.

벤츠 fr-out되면, 김상훈, 장순철 2shot-K.S

벤츠가 빠져나가자 당황해하는 김상훈. 장순철이
보닛에서 내려오면,

김상훈 (신분증을 꺼내며) 겨, 경찰이다!
　　　　　움직이지 마!

장순철 B.S

장순철이 김상훈에게 올라타 도끼로 내려치려는
찰나,

장순철 O.S 강홍석 F.S

강홍석의 날아차기, 장순철이 맞고 나동그라진다.
비틀거리며 일어나는 장순철.

강홍석 O.S 장순철, 김상훈 2shot-M.S

상훈이 달려들어 제압하고 수갑을 채운다. 때마침
지원 형사들이 달려들어 장순철을 검거한다.

#92

강해상 모텔 내부/ 복도(실내/ 낮)

장씨 형제가 체포되었다는 뉴스와 자신과 함께 수배된 장이수에 관한 뉴스를 보는 강해상.

바닥에 널브러져 있는 짐들 C.U/ tilt-up

tilt-up되며, 모텔 내부 F.S

내부를 뒤엎으며 빠르게 짐을 싸는 강해상.
텔레비전에선 뉴스가 흘러나온다.

앵 커 (V.O) 뉴스 속보입니다. 3일 전, 최 모 씨를
납치하고 몸값을 요구한 일당들이 경기도
한 백화점에서 검거되었습니다.

가방 C.U

작은 칼과 마체테, 여권을 가방에 챙겨 넣는 강해상.

앵 커 (V.O) 경찰은 이 중 대로변에서 경찰을
찌르고 달아난 주범 강 모 씨를 전국에
지명수배했습니다.

강해상 B.S

앵 커 (V.O) 한편 경찰은 몸값으로 거래되던 미화
200만 달러를 훔쳐…

나가려는 찰나, 장이수 소식을 전하는 뉴스 보도에
텔레비전을 확인하는 강해상.

텔레비전을 바라보는 강해상 B.S

앵 커 　(V.O) 도주한 조선족 장 모 씨 또한 절도
　　　　현의로 전국에 지명수배했습니다.

강해상 정면 T.B.S

잔뜩 화가 난 강해상.

텔레비전 뉴스 화면 C.U / track-in

앵 커 　(V.O) 경찰은 장 모 씨가 중국으로 밀항할
　　　　것으로 추정하고 서해안 일대를 수색하고
　　　　있습니다.

강해상 정면 T.B.S / track-in

표정이 바뀌는 강해상.

텔레비전 화면 속 장이수 사진 (몽타주) C.U

○○버스 종점 뒷골목(실외/ 밤)

강해상과 맞닥뜨리자 돈이 든 캐리어를 두고 도망가버리는 장이수.

밀항 조직원 정면 M.S

건물 안쪽에서 골목으로 나오는 밀항 조직원.
조용히 다가와,

밀항 조직원 (무표정하게) 장이수요?

장이수, 밀항 조직원 side 2shot–M.S

장이수 (까칠하게) 예.

장이수가 밀항 조직원에게 두툼한 봉투를 건네자,

장이수 O.S 밀항 조직원 B.S

밀항 조직원 여기서 ○○번 버스 타고 ××항으로
　　　　　 가쇼. 버스 내리면, 사람이 기다리고
　　　　　 있을 거요. 그 사람 따라가서 배 타면
　　　　　 돼요.

밀항 조직원 O.S 장이수 B.S

장이수가 진지한 얼굴로 듣는데, 들리는 목소리.

강해상 (O.S) 쥐새끼가 멀리도 튀었네.

밀항 조직원과 장이수가 돌아보면,

강해상 B.S

장이수 쪽으로 다가오는 강해상.

장이수, 밀항 조직원 2shot-M.S/
밀항 조직원 fr-out

분에 찬 장이수. 밀항 조직원, 돌아가는 상황을
대번에 간파하고 눈치를 보며 쓱 빠진다. 장이수가
돈 가방을 움켜쥐고 발목에 찬 칼을 꺼내며,

장이수 (무서운 얼굴로) 이런 쌍간나새끼… 니 내
　　　 누군지 아니?

강해상 M.S/ pull-back

강해상이 실실 웃으며 마체테를 들고 다가오며,

강해상 누군데?

장이수 B.S

장이수 내 하얼빈의 장첸이다, 이 새끼야!

장이수가 돈 가방을 단념하기로 하며,

장이수 야, 잠깐만 있어봐라, 잠깐만. 강해사이…
　　　 (강해상이 더 다가오자)

강해상 O.S 장이수 K.S/ follow

장이수 아이 씨! 좀 가까이 오지 말라구! 알았다,
　　　 강해사이. 이거 니 가제 가구. 앞으로 다신
　　　 날 따라다니지 말라.

#95A

4차선 시내 도로/ 시내버스 내부(실내외/ 밤)

도로 위를 달리던 버스를 마석도의 차량이 급히 끼어들어 세운다.

tilt-up되며, 강해상 B.S

흐뭇한 표정의 강해상.

달리는 시내버스 정면 F.S/ pull-back

도로를 달리는 ○○항행 시내버스.
뒤에서 울리는 경적 소리.

사이드미러 C.U

사이드미러에 비치는 마석도의 차량이
헤드라이트를 깜빡이며 달려오고 있다.
점점 버스와 가까워지는 차량.

**버스 기사 O.S 버스 앞으로 들어오는 마석도 차량
back F.S**

시내버스 앞으로 치고 나와 사선으로 막아서는
마석도 차량.

마석도 차량 O.S 정차하는 버스 정면 F.S

끼익!

걸어오는 마석도 M.S/ pan follow

차에서 내린 마석도가 버스 앞문으로 다가와 탕탕 두드린다.

pan follow되며, 마석도 B.S

버스 기사가 앞문을 열어주자 성큼 성큼 올라서는 마석도, 손에 가죽 허리띠를 감으며 탄다.

버스 안으로 들어오는 마석도 K.S

마석도 경찰입니다. 공무 집행 중이니까 잠시만
  내려주십시오.

승객들과 기사가 버스에서 내리고 할머니 한 분은
귀가 어두워 옆에 사람에게 "뭐라고?" 물으며
내린다.

강해상 B.S

마석도를 바라보는 강해상.

마석도 B.S

버스에서 마지막 승객이 내리면,

'닫힘' 버튼을 누르는 마석도 손 C.U

마석도 O.S 강해상 F.S

버스 안에 남아 있는 마석도와 강해상. 마석도가
강해상 앞에서 걸음을 멈추며,

마석도 B.S/ track-in

마석도 (왼팔에 가죽 허리띠를 감으며) 니들은 사람
　　　죽여놓고 왜 자꾸 이국으로 도망을 가나?
　　　영어도 못하는 새끼들이…

강해상 B.S/ track-in

강해상 저번에 보니까 무섭더라고 흐흐. 힘 좀
　　　쓰시더만?

마석도 B.S/ track-in

마석도 나 홍삼 먹어.

강해상 B.S/ track-in

강해상 하, 씨발. 일부러 버스 탔구만, 어떻게
　　　찾았대?

마석도 B.S/ track-in

마석도 형은 다 알 수가 있어.

#95C #96

4차선 시내 도로 위/ 해장국 집(실외/ 밤)

뒤늦게 도착해 사건을 마무리짓는 형사들. 마석도와 통화하는 장이수.

도로 F.S/ 부감

멀리서 경광등을 번쩍이며 달려오는 경찰 차량들.

김상훈 fr-in

김상훈이 박살 난 차들을 놀란 표정으로 바라본다. 저쪽에서 현장을 지휘하는 전일만의 목소리가 들린다. 김상훈이 반색하며 전일만에게,

김상훈 반장님!
전일만 어, 막둥아! 너도 수고 많았다.
김상훈 예, 반장님. 차 수리비는 지원되죠?

전일만 얼굴이 바뀌더니, 바로 딴청을 피우며 자리를 뜬다. 김상훈은 "반장님~"을 외치며 따라간다.

마석도 B.S

마석도가 그 모습을 보며 웃는데, 핸드폰이 울린다. 발신자를 확인하고 받는 마석도.

마석도 야, 이 새끼 잡았다.

장이수 F.S

홀로 테이블에 앉아 해장국을 놓고 마석도와 통화 중인 장이수.

장이수 와, 역시 지독하네.

마석도 B.S

마석도 너도 고생했다.

장이수 side B.S

장이수 수배까지 때려놓고 고생했다 말 한마디면 단가…

쓰디쓴 소주 한 잔을 털어 넣는 장이수의 얼굴.

마석도 정면 B.S

마석도는 피식 웃으며 핸드폰을 집어넣고 돌아선다.

마석도 back F.S [망원]

저 멀리 산 너머로 동이 트는 하늘이 보인다.

앵커 (V.O) 총 13명을 살해한 강 모 씨가 검거되었습니다.

비하인드

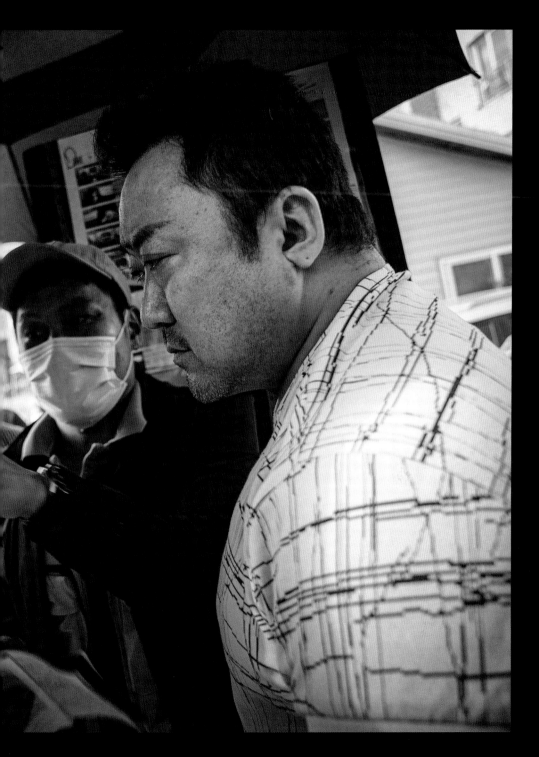

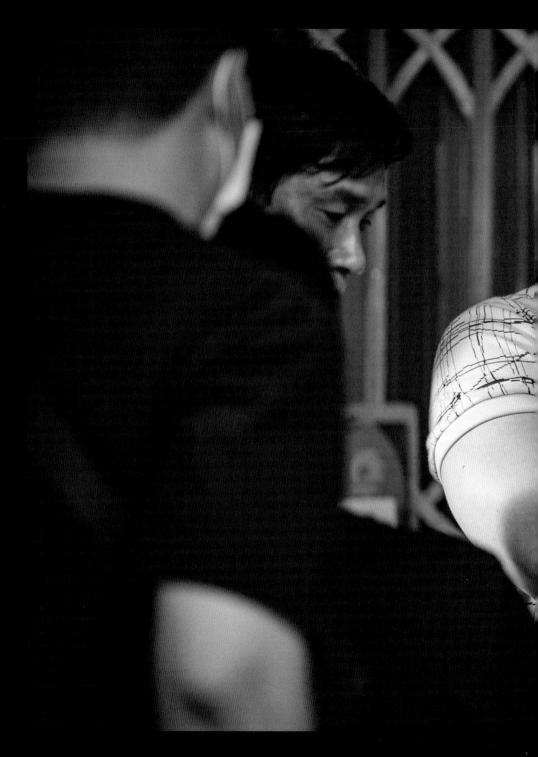

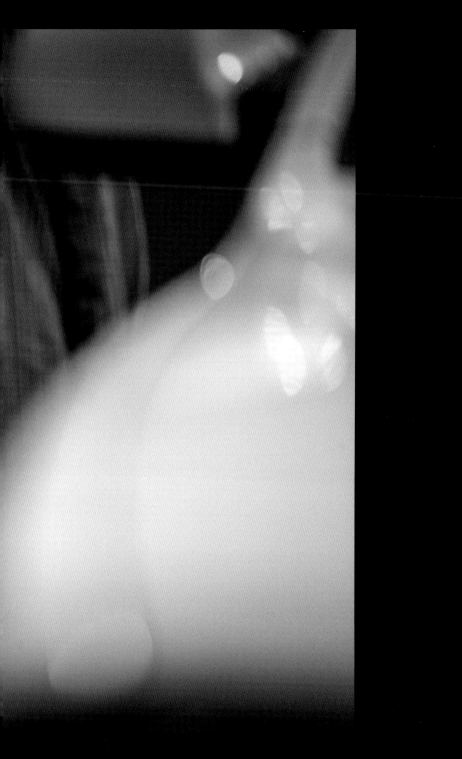

범죄도시2 액션북

각본 김민성 **각색** 이상용 마동석 이영종 **감독** 이상용 **스토리보드** 이윤호 **스틸** 차민정
원작 영화 〈범죄도시2〉

© (주)에이비오엔터테인먼트 (주)빅펀치픽쳐스 (주)홍필름 (주)비에이엔터테인먼트, 2022

펴낸날 초판 1쇄 2022년 9월 12일
펴낸이 이주애, 홍영완
편집장 최혜리
편집4팀 박주희, 장종철, 이정미
편집 양혜영, 박효주, 유승재, 문주영, 홍은비, 강민우, 김하영, 김혜원, 이소연
디자인 김주연, 윤신혜, 박아형, 기조숙, 윤소정
마케팅 김미소, 정혜인, 김태윤, 김예인, 김지윤, 최혜빈
해외기획 정미현
경영지원 박소현
펴낸곳 (주)윌북 **출판등록** 제2006-000017호
주소 10881 경기도 파주시 회동길 337-20
전화 031-955-3777 **팩스** 031-955-3778
홈페이지 willbookspub.com **전자우편** willbooks@naver.com
블로그 blog.naver.com/willbooks **포스트** post.naver.com/willbooks
페이스북 @willbooks **트위터** @onwillbooks **인스타그램** @willbooks_pub
ISBN 979-11-5581-530-4 (03810)

• 책값은 뒤표지에 있습니다.
• 잘못 만들어진 책은 구입하신 서점에서 바꿔드립니다.

w art 윌북아트는 윌북의 예술서 브랜드입니다.